새벽 산책

새벽에 길어 올린 샘물처럼, 맑고 향기로운 지혜의 글 # 새벽 산책

김수덕 지음

한문화

차례

여는 글

오늘처럼 바람이 차가운 날 아침에는 나도 모르게 일찍 눈이 떠집니다. 왠지 하늘을 더 자주 올려다보아야 할 것 같고, 비겁하게 살아서는 안 될 것 같고, 마음이 한없이 착해지려 합니다.

벌거벗은 나무들에서 나는 찬란한 외로움을, 인내와 아름다움과 평화를 봅니다. 한때는 삭막하게만 느껴졌던 겨울나무 가지 끝에서 이제는 공간의 깊이를 느낍니다. 나무들이 바람에 흔들릴 때마다 따라서 흔들리는 그 신성한 공간과 대기……. 내 마음은 깊이 가라앉는 고요와 한없이 상승하는 정신적 고양의 어느 경계에서 끊임없이 떨리며 기뻐하고 있습니다. 무한한 팽창과 일점으로의 응축, 상반된 두 상태를 동시에 경험하며 가슴이 설레는 것입니다.

이러한 모든 경험은 바로 일지—日誌 이승헌 님의 가르침으로부터 온 것입니다.

언제가 나는 여러 사람과 함께 그 분으로부터 명상을 지도받은 적이 있습니다. 천천히 두 손을 들어올려서 넓게 벌렸다가 가슴 앞에서 모은 다음 무릎 위에 내려놓는 간단한 동작이었습니다.

"손을 천천히 들어올려 가슴 앞에서 모으세요."

눈을 감고 나는 그 분이 일러주는 대로 손을 움직였습니다.

"이제 …… 몸을 버리세요."

그때 놀라운 일이 벌어졌습니다.

그 말이 떨어지기가 무섭게 '버린다'는 의미가 몸 전체로 물밀듯이 밀려온 것입니다. 무엇을 어떻게 했는지 모르지만 하여튼 나는 버렸고, 그 순간 '나'라는 존재가 온 공간에 가득 차는 것을 느꼈습니다. 시간이 멈춘 것 같으면서도 공간 가득히 무엇인가가 흐르고 있었고 이완된 집중, 무한으로 뻗어나가는 찰나, 텅 빈 충만 ……도저히 양립할 수 없을 것 같은 상태가 동시에 존재하며 역동하고 마음은 고요하게 출렁이는 것이었습니다.

일지 이승헌 님의 가르침 덕분에 나는 무의미한 일상에서 기쁨을 발견하는 방법을 알게 되었고 삶의 역설을 이해하게 되었습니다. 스스로를 넘어서는 자기 초월의 기쁨이 무엇인지를 알게 되었고, 내가 나 자신보다 더 위대하고 항구적인 무엇인가에 연결되어 있다는 느낌 속에서 생활할 수 있게 되었습니다. '우주의 미래가 내 한 손에 달려 있다는 생각을 한시도 접지 말되, 내가 하는 일이 대단한 일이라는 생각이 들 때마다 그걸 비웃어라' 했던 부처의 말도 마음에 담을 수 있게 되었습니다.

이 책에 실린 모든 내용들은 바로 일지 이승헌 님의 가르침으로부터 온 것입니다. 그 분이 대중 앞에서, 혹은 사석에서 들려주신 말씀을 주제별로 풀어 엮은 이 책의 참된 지은이는 일지 이승헌 님이라 할 수 있습니다. 이 책을 읽고 독자들이 개안開眼의 기쁨과 크고 작은 삶의 변화를 경험한다면 그것은 일지 이승헌 님의 가르침의 향기 때문일 것입니다.

　서문을 대신해 이 글을 쓰고 있는 오늘 아침에는 그 분의 이런 말씀이 생각납니다.

"사랑이란 자유를 낳으면서 무한히 샘솟듯 일어나는 것이다."

새벽에
김수덕

우리는 이 세상에 문제를 경험하기 위해서,
그것을 통해서 성장하기 위해서 온 것이 아닐까요?
문제를 해결할 때마다 기쁨이 있으므로 문제가 많다는 것은
행복해질 수 있는 장치가 남보다 많다는 뜻입니다.
장애는 그대로 두면 장애에 그치지만 해결하면 행복이 됩니다.

아름다운 아침

매일 저녁 잠들기 전에 버릇처럼 자명종을 맞춰 놓고, 아침이면 새 우등을 한 채 이불 속으로 기어들어 가면서 "조금만 더, 조금만 더……" 하게 되는 궁상이 싫어 한 샐러리맨이 이런 소망을 품어 보았다고 합니다.

'때 되면 스스로 알아 날아오르는 새처럼 내 안의 충만한 생명력에 의해 조용히 눈뜨며 일어나 아침을 맞이할 수는 없을까?'

이 말을 들은 그의 친구가 어깨를 치며 "꿈 깨라. 네가 무슨 도사라고. 산속이라면 몰라도 찌들고 오염된 도시에 살면서 그게 가능하냐?"고 핀잔을 주더랍니다.

새봄을 맞으면서 나는 그 샐러리맨과 똑같은 꿈을 꿉니다. 대지가 묵은 어둠을 털며 깨어날 때, 새들이 첫 날갯짓을 할 때, 뜰 앞 사철나무 잎이 기지개를 켤 때, 그 고요한 기적을 알아듣고 함께 일어나 신성한 아침에 경배하고 싶습니다.

"참 낭만적이십니다, 그려" 하고 마실 분도 있을 테지요. 그러나 단순히 낭만의 부활을 꿈꾸자는 것이 아닙니다. 허공에 뿌리내리고 사는 한 생명으로서 우주의 부산한 아침맞이를 어찌 모른 체할 수 있겠습니까?

매일 아침 우리는 새날을 맞습니다. 그리고 새사람이 됩니다. 어제까지 내가 가졌던 모든 것, 내가 서 있었던 위치는 오늘 아침의 나와는 아무 관계가 없습니다. 우리는 항상 오늘 새로 시작하기 때문입니다. 지나갔으니 어제이고 곧 올 날이니 내일일 뿐, 우리에게는 사실 늘 오늘밖에 없었지요.

새봄에는 "안 돼"라는 말을 되도록 덜 하면서 살려고 합니다. '나는 나이가 들었어. 너무 소극적이야. 건강하지도 않아.' 이런 것들은 자기 최면에 걸린 사람의 말입니다. 자기의 신분을 잊어버린 채 깊은 잠에 빠져버린 숲속의 공주와 같은 처지이지요. 그런데 현실은 동화와는 달라서 멋있는 왕자가 입맞춤한다고 절로 깨어날 리는 없습니다. 누군가 "너는 지금 자기 최면에 걸려 있어, 그러니 깨어나라"고 속삭이거나 버럭 소리 질러줄 수는 있겠지요. 그러나 눈을 뜨는 것은 오로지 우리 자신의 몫입니다.

한때 젊은이들에게 인기를 끌었던 노래 중에 '나는 문제없어'라는 가요가 있습니다. 저는 그 노래를 무척 좋아합니다. 그런데 많은 사람들이 '문제없어' 하는 것이 아니라 "나는 나이가 많고 컴퓨터도 잘 못하고 숫기도 없고 ……" 전부 문제 투성이라는 말만 합니다.

우리는 이 세상에 문제를 경험하기 위해서, 그것을 통해서 성장하기 위해서 온 것이 아닐까요? 문제를 해결할 때마다 기쁨이 있으므로 문제가 많다는 것은 더욱더 행복할 수 있는 장치가 많다는 뜻입니다. 장애는 그대로 두면 장애에 그치지만 해결하면 행복이 되는 것이지요. 새해에는 이른 아침 일부러 거센 바람을 맞으며 이렇게 소리내어 되뇌일 작정입니다.

"장애를 두려워하지 말자. 장애가 있으므로 나는 성장한다."

어느 날인가 혼자서 노래방에 간 적이 있습니다. 평소 즐겨 부르던 가요를 흥얼거리며 걷는 중이었는데 갑자기 가슴 깊은 곳에서 노래가 소용돌이치는 느낌이 들었습니다. 크게 소리내어 부르지 않으면 참지 못할 지경이었는데 복잡한 거리에서 그랬다간 '실성한 사람' 소리 들을 것 같고, 그래서 생전 처음으로 혼자서, 그것도 대낮에 노래방에 들어갔습니다.

먼저 가슴에서 휘몰아치던 노래를 한 곡조 뽑고(김추자의 노래 '무인도'였지요, 아마.) 평소에 저 곡 한 번 멋지게 불러 봤으면 하고 마음먹었으면서도 음정, 박자 못 맞추면 무슨 창피냐 싶어서 접어 두었던 노래를 두 번, 세 번 불러젖혔지요. 기분이 왜 그렇게 좋던 지요. 가슴이 시원해지고 아랫배는 뜨듯해지고 절로 신명이 나지 뭡니까? 나중에는 신나는 곡을 틀어놓고 혼자 춤까지 추었습니다. 그 후로도 몇 번 남몰래 혼자서 노래방 출입을 하곤 했습니다.

노래와 춤은 참 좋은 것입니다. 사람을 순수하게 만들어 주지요. 노래와 춤이 어색하게 느껴지는 사람은 어딘가 막혀 있는 사람입 니다. 음정, 박자가 꼭 맞아야 하고 목청이 좋아야 하고 몸짓이 아 름다워야 하는 것은 아닙니다. 제멋에 취해서 노래부르고 춤추면 나름대로 다 아름답고 멋집니다.

　음악이 나오는데도 꾸어다 놓은 보릿자루처럼 머뭇대는 사람이 있지요. 자기 몸인데도 자기 마음대로 못 하는 것은 감정이나 생각 에 빠져서 스스로를 열어놓지 않기 때문입니다. 그냥 맡겨버리면 몸이 알아서 리듬을 타게 돼 있습니다. 수영을 할 때 물의 부력은 보이지도 않고 만져지지도 않지만 일단 힘을 빼고 맡겨버리면 그때 부터는 편안하게 즐길 수 있는 것처럼 말입니다. 노래와 춤은 머리 가 아닌 가슴으로 하는 거지요.

혼을 움직이는 춤과 노래, 그것을 율려律呂라 합니다. 율려의 세계에 들어가면 우리 안에 잠재되어 있는 무한한 창조성이 절로 아름다운 노래와 춤을 만들어 냅니다. 그 세계에서는 "나는 노래를 못 해, 나는 춤을 못 춰, 나는 무엇 무엇을 못 해 ……" 그 모든 것이 다 착각이었다는 것을 알게 됩니다. 율려의 세계에서 이루어지는 노래와 춤은 단순한 흥이 아닙니다. 그것은 자기 자신을 비우고 던지는 수행입니다.

인류 역사에 수많은 스승들이 나타나 '던지고 또 던져라, 내려놓고 또 내려놓아라' 하는 이야기를 하다 갔습니다. 틀을 잊어버리고 춤추며 노래하는 가운데 우리는 알게 됩니다. '아, 던진다는 것이 이런 것이로구나!'

느끼지 못할 뿐 우리는 매순간 율려 속에서 살고 있습니다. 먼저 세상에 태어나면서부터 어머니의 심장 소리를 듣습니다. 심장의 맥박은 생명의 소리이며 우주의 음악입니다. 마음을 가라앉히고 집중하면 모세혈관을 타고 피가 흐르는 소리까지 느낄 수 있습니다. 몸이라는 악기가 스물네 시간 연주하는 아름다운 음악이지요. 물 소리, 바람 소리, 새 소리, 나무의 흔들림, 별빛의 반짝임 ……, 이 모든 것도 장엄한 우주의 율려입니다.

《월든》의 저자 헨리 데이비드 소로는 이른 새벽 모기 한 마리가 잉잉거리며 집 안을 날아다니는 소리가 그 어떤 나팔 소리 못지않게 감명을 준다고 적은 적이 있습니다. 그것 자체가 우주적인, 허공의 대서사시이며 이 세계의 위대한 힘을 알리는 광고와 같다고 말했지요. 하늘은 우리에게 생명의 율려 속에서 어우러져 살 수 있는 큰 축복을 주었습니다.

글이나 말은 얼마나 불완전한가요? 아무리 정확한 단어를 골라 쓴다고 해도 백 퍼센트 자기 뜻을 전달하기 어렵고 듣는 사람도 자신의 수준만큼만 알아들을 수 있습니다. 그래서 언어 때문에 인간이 타락했다고 말하기도 합니다. 말없이 느낌으로만 생각을 주고받을 수 있다면 거짓이나 속임수가 통할 리 없겠지요. 말이 있기 때문에 속으로는 아무리 싫어도 "당신이 좋아" 하고 말하면 진짜 좋아하는 것처럼 보이는 것입니다.

그러나 율려의 세계는 진리의 세계이며 생명의 세계입니다. 그 안에서는 모든 생명이 하나로 연결돼 있음을 느낄 수 있습니다. 춤과 노래는 나라와 종교를 초월해 사람의 마음을 움직이는 힘을 가졌습니다. 통역이 필요 없는 만국 공통어지요. 특히 우리 민족의 문화는 한마디로 율려의 문화라고 할 수 있습니다. 그 안에는 생명이 있고 철학이 있고 체육이 있고 예술이 있고, 모든 것이 다 들어 있습니다.

하지만 우리가 지금까지 배워온 여러 지식들은 율려의 세계 속에 잠기도록 도운 것이 아니고 오히려 그 세계로부터 우리를 갈라

놓았습니다. 율려의 세계를 즐길 수 있는 정신과 마음을 가르친 것이 아니라 틀을 가르쳤기 때문입니다. 전체보다는 부분을 알게 했고, 큰 것보다는 작은 것을 보게 했고, 큰 믿음보다는 작은 믿음을 따르게 한 탓이지요.

흔히 잘못된 수도관修道觀, 구도관求道觀을 가지고 있는 사람은 구도자의 모습이 늘 심각해야 한다고 생각합니다. 항상 근엄한 모습을 보여야 하고 춤추고 노래하면 안 되는 것처럼 여기지요. 그러나 그것은 아직 덜 여문 생각입니다. 혼이 살아 있는 사람은 노래와 춤이 절로 나옵니다. 그에게 이미 삶은 하나의 놀이지요.

새봄에는 잃어버린 아침을 찾고, '안 돼' 또는 '못 해'라고 말하지 않고, 내 앞에 놓인 모든 경험을 사랑하며, 무엇보다 춤추고 노래하며 살아야겠다고 마음먹습니다.

열어 놓은 창문으로 찬 바람이 불어와 얼굴을 간질입니다. 깊이 그 바람을 들이마십니다. 참 아름다운 아침입니다.

영혼의 성장을 위한 삶을 살려면
가슴이 기뻐하는 일을 해야 합니다.
무엇보다 사랑해야 합니다.
우리의 영혼은 본래 우주의 완전한 생명에서 왔기 때문에
그 생명의 본질인 사랑을 실천하지 않으면
성장하지 않습니다.

가슴이 기뻐하는 일을 하자

바르게 살고 싶지만 주위 사람들이나 여건이 그것을 허락하지 않는다고 투덜거리는 사람이 있습니다. 아직 간절하지 않은 사람이 하는 말입니다. 정말 얼이 사무치면 얼이 알아서 공부를 시킵니다. 우리가 숨을 안 쉬려고 해도 쉬어지는 것과 마찬가지로 하늘이 나를 관통해버립니다. 천지天地가 나를 주관하는 것이지요. 천지가 우리를 태어나게 했고 또 때가 되면 데려가듯이, 간절히 묻고 구하면 삶의 순간 순간 우리에게 길을 가르쳐줍니다.

삶의 목적이 뚜렷한 사람에게는 하늘이 능력을 줍니다. 일을 하라고. 물론 하늘과 땅의 뜻에 합당한 목적이어야지요. 하늘만큼 정확하게, 에누리 없이 거래하는 장사꾼도 없습니다. 하늘은 능히 알고 누구든지 자기가 가지고 있는 그릇대로 충분히 채워줍니다.

큰 뜻을 세운 사람에게는 큰 기운이 호응합니다. 뚜렷한 삶의 목적도 세우지 못한 사람이 남의 지식 많은 것을 부러워하고, 돈 많은 것을 부러워하고, 사람 많이 따르는 것을 부러워하는 것은 이치에 어긋나는 일이지요.

내 몸만을 섬기고 사는 사람은 그냥 보통 기운이면 됩니다. 원래 몸이란 불완전한 것이므로 몸만 생각하고 사는 이에게는 걱정 근심이 끊일 날이 없는 것이 당연하지요. 세월이 가면 함께 늙어가고 약해지고 변덕이 생기게 마련인 것에 매달리면서 왜 내게 평화와 행복이 없는가 하고 투덜거리고 있지는 않은지요? 하늘의 보살핌을 받으려면 하늘이 우리를 왜 이 세상에 태어나게 했는가를 알아야 합니다. 그리고 그 목적대로 살아야 합니다.

천지는 언제나 우리가 정하는 대로 응해줍니다. 스스로 "나는 별 볼 일 없고, 운도 없고, 병이 항상 떨어질 날이 없고 ……" 이렇게 되뇌이면 하늘도 우리에게 "그래, 너는 별 볼 일 없고, 운도 없고 ……" 이렇게 대해줍니다.

몸이 좀 아파도, 근심이 조금 있어도 "방금 전까지 아픈 것을 기억하고 있었구나. 아픈 것도 습관이다. 나는 해야 할 일이 너무 많아. 아플 수가 없어." 이렇게 생각하면 하늘이 모른 척하지 않습니다. 그런데 다 고쳐주었는데도 자꾸 아프다고, 이제 문제가 다 해결되어서 앞으로 나아가기만 하면 되는데도 방금 전까지 무언가 안 되었던 사실만을 떠올리는 사람이 있습니다. 자기 앞에 스스로 불행의 그늘을 드리우는 사람입니다.

우리는 얼마든지 행복하고 기쁠 수 있는 존재입니다. 내일 일을 아는 사람은 아무도 없습니다. 내일 아니라 한 시간 후의 일을 아는 사람도 없지요. 그런데 늘 밝고 주위 사람들에게 기쁨을 주는 사람이 있는가 하면 마치 자신이 불행하다는 걸 알리기 위해서 태어났다는 듯이 찌들어 있는 사람이 있습니다. 자꾸 부정적인 감정들을 인정하고 받아주니까 나쁜 것만 끌어안고 살게 되는 거지요.

오랫동안 마음을 괴롭히는 어떤 문제가 있을 때 고요히 앉아 스스로에게 질문을 던져봅니다. 내가 어떤 집착에 빠져 있는 것은 아닌가? 그리고 그 문제가 내가 붙들고 있다고 해서 해결될 문제인가? 아니라고 생각되면 과감히 놓아버립니다. 그냥 하늘에 맡겨버리는 거지요. 그 순간 가슴이 시원해집니다. 그리고 스스로에게 이렇게 선언해주는 겁니다.

"나는 나다."

집착을 놓아버려도 여전히 나는 나입니다. 존재하는 데는 아무 문제가 없습니다. 다 맡겼을 때 무엇이 남는가? 그때 지금까지와는 전혀 다른 새로운 세계가 열립니다.

살다보면 가끔 별다른 원인도 없는데 슬프고 외롭고 불안할 때가 있습니다. 삶에 대한 우수가 물밀듯이 밀려와 가슴이 저려올 때가 있지요. 그럴 때 속절없이 '내가 왜 이리 약해졌지?' 하며 가슴을 쓸어내리기도 합니다. 그러나 스스로도 다른 사람도 그것이 어디서부터 왔는지는 알려주지 않습니다.

그 허전함은 '혼의 상처'에서 온 것입니다. 몸이 좀 아픈 것은 시간이 지나면 잊혀지지만 혼의 상처는 영원히 치유를 기다리면서 삶의 고비고비마다 나타나 '이렇게 사는 것이 옳은가?', '내가 진정으로 원하는 것이 무엇인가?' 하고 묻습니다.

우리 모두는 이 세상에 그 혼의 상처를 치유하기 위해 왔습니다. 사람들은 혼의 상처에서 오는 허전함을 이겨보려고 돈에 매달리기도 하고 명예에 목숨을 걸기도 합니다. 그러나 너무나 잘 알고 있듯이 채워지지 않거든요. 영혼의 성장을 위한 삶을 살 때라야만 혼의 상처가 아물어 슬픔과 외로움이 사라집니다.

영혼의 성장을 위한 삶을 살려면 가슴이 기쁜 일을 해야 합니다. 무엇보다 사랑해야 합니다. 우리의 영혼은 본래 우주의 완전한 생명에서 왔기 때문에 그 생명의 본질인 사랑을 실천하지 않으면 성장하지 않습니다.

소유욕과 이기심에 집착하는 삶을 통해서는 영혼의 존재를 느끼기 어렵습니다. 물론 머리로야 알 수는 있지요. 그러나 아무리 좋은 말씀을 듣고 아름다운 글을 읽어도 영혼이 살아 있는 것이 가슴으로 안 느껴지는 사람은, 혼의 기쁨을 위해서 사는 것이 아니라 관념 속에서 살고 있는 사람입니다. 진리를 액세서리로 달고 다니는 사람입니다.

가슴에서부터 오는 기쁨은 아주 오래 갑니다. 다른 사람이 알아주지 않아도 홀로 즐겁습니다. 그러나 이해관계에서 얻어지는 기쁨은 남이 알아주지 않으면 속이 상합니다. 누가 값나가는 다이아몬드 반지를 주는 조건으로 죽을 때까지 남에게 보여주지 말라고 했다고 칩시다. 기쁠까요? 진짜 자랑하고 싶은데 보여주지 말라고 하면 아마 속이 상할 겁니다. 소유욕과 이기심에서 얻어진 기쁨이기 때문입니다.

보석이 열 개라면 하나씩 나누어도 열 명밖에 못 갖지요. 그리고 열 사람이 보석을 차지한 순간 갖지 못한 나머지 사람은 섭섭해하고 원망이 생깁니다. 또 아흔아홉 가마의 쌀을 가진 사람은 한 가마니 가진 사람한테서라도 빼앗아서 백 가마를 채우려고 하므로 거기에서 온갖 싸움이 생깁니다.

그러나 혼의 기쁨은 다 나누어 가져도 끝이 없고 모자랄 일도 없습니다. 다른 사람에게 생채기를 내서 채워지는 기쁨이 아니라 다른 사람을 도와주고 잘되게 함으로써 느껴지는 상생의 기쁨이기 때문입니다.

이기심과 소유욕, 피해의식과 자만심에 빠져 있는 동안에는 우리 가슴에 있는 영혼의 소리를 들을 수 없습니다. 영혼이 살아 있는 사람은 평화롭고 자신감 있고 당당합니다. 그러나 영혼을 모르고 사는 사람은 다른 사람들이 볼 때는 성공한 것 같고 건강한 것 같아도 무언지 모르게 외롭고 허전하여 항상 허겁지겁 살게 됩니다.

영혼이 성장하면 절로 겸손하게 되고 늘 감사하게 됩니다. 어떠한 상황이든 현재 우리가 처해 있는 환경은 결국 우리가 뿌린 씨앗이 싹튼 것입니다. 그러니 원망하지 말아야 합니다. 감사하게 받아들일 줄 알아야지요. 그리고 지나온 것에 매이지 말고 이 시간부터 좋은 씨앗을 뿌려 튼실한 열매를 얻으면 되는 것입니다. 과거에 계속해서 집착하면 현재도 없고 미래도 없습니다.

또한 영혼의 성장을 위해 사는 사람은 자신의 잘못을 진심으로 참회하게 됩니다. 도덕에 어긋나는 것이 죄가 아닙니다. 죄라는 글자는 넉 사四 자 밑에 아닐 비非 자가 붙어 이루어집니다. 사리事理가 아닌 것이 죄이지요. 죄는 본질적으로 다른 사람이 정죄할 수 없습니다. 스스로 아는 것입니다. 영혼이 원하지 않는 일, 혼이 기뻐하지 않는 일을 마지못해 하는 것, 그것이 죄입니다.

아이들에게도 그냥 착하게 살아라, 도덕적으로 살아라 하지 마십시오. 우리 시대에 착한 것의 기준은 무엇입니까? 도덕적으로 사는 것의 기준은 무엇입니까? 그렇게 이야기해 놓고도 계속 어떻게 가르칩니까? 남보다도 네가 더 잘살아야지, 이겨야지, 계속 이기심과 소유욕을 갖도록 충동하는 교육을 시킵니다.

우리의 아이들에게 네 영혼을 성장시키는 삶을 살라고 가르칩시다. 누구보다 더 잘했기 때문에, 누구를 이겼기 때문에가 아니라 내 영혼이 원하는 대로 했기 때문에, 가슴에서 시키는 대로 했기 때문에 기쁘다고 말할 수 있는 사람으로 길러야 하지 않을까요?

큰 기쁨과 큰 슬픔은 원래 지각되지 않는다고 합니다.
어쩌면 아무 생각 없이 묵묵히 자신이 맡은 일을 하는
그 순간이 최고의 몰두이며 가장 신명나는 놀이판인지도 모릅니다. 무엇인가
끝내주는 것을 찾고 있다는 것은
아직 덜 여물었다는 표시이기 쉽습니다.
그것은 보채는 마음에서 나온 것이기 때문입니다.

나, 잘 놀다 간다

어느 모임에서 '칭찬하기' 게임을 했다고 합니다. 두 사람이 얼굴을 마주보며 교대로 상대방을 칭찬해주는 것이지요. 한 사람이 "얼굴이 참 편안하게 생기셨네요" 하니까, 다른 한 사람이 거의 반사적으로 "잘 생긴 편은 아니죠, 뭐" 하더랍니다. 이번에는 "오늘 입으신 옷, 참 멋집니다" 했더니, 상대방을 칭찬해야 할 차례라는 사실도 잊어버린 채 "저는 키가 작아서 무슨 옷을 입어도 볼품이 없는데요" 하더랍니다. 어린아이처럼 기뻐하면 두 마음이 함께 흐뭇해질 텐데, 우리는 서로 칭찬하고 칭찬받는 일에 익숙하지 않은 삶을 살아왔나 봅니다.

대개 사람들은 다른 사람을 칭찬하는 일은 물론이거니와 자기 스스로를 칭찬하는 일의 중요성을 잘 모릅니다. 자기를 인정하지 않기 때문이지요. 왜 우리는 기뻐하지 못하는 걸까요? 지금 이 순간 내가 살아 존재하고 있다는 사실을……. 거리의 가로수에 움트는 연두빛 싹을 바라보는 것도 나 자신이고, 길가다 마주친 어린아이의 맑은 눈에 사로잡히는 것도 나 자신이고, 숨을 들이마시고 내쉬며 불행하니, 행복하니 따지고 있는 이도 나 자신인데 말입니다. '소인은 타인의 눈을, 대인은 자신의 눈을 가장 두려워한다'는 말이 있습니다. 대인은 마지막 순간에 자기를 평가하고, 또 구원할 수 있는 것은 오직 자기 자신뿐임을 알기 때문입니다.

오직 하나밖에 없는 유일한 존재인 자기 자신을 자꾸 왜소하게 만들지 마십시오. 아무리 작은 것이라도 자기 자신의 느낌은 소중한 것입니다. 자기 스스로를 인정하고 자꾸 표현하면 그 느낌도 계속 커집니다. 칡뿌리를 캘 때 줄기는 볼품없지만 나중에는 몇 사람이 나눠 먹어도 족할 만큼 큰 뿌리가 나오듯이, 자기를 믿고 사랑할 때 우리 안에 있는 장대하고 거룩한 '참나'와 만나게 됩니다. 캐보지도 않고 "뭐 있겠나, 캐봤자 손만 아프지" 하고 포기해버리는 사람은 결코 그 보물에 가까이 가지 못합니다.

또 하나, 우리는 스스로를 학대하고 미워해서는 안 됩니다. 태양에도 흑점이 있지만 그것을 무시하고 타오릅니다. 그 빛으로 오늘 아침이 다시 시작됐고 사람들이 저리 바쁘게 움직이고, 뜰 앞 전나무 가지에 앉아 있던 새가 하늘 높이 비상합니다. 누구에게나 이러

저러한 결점이 있지만 결점 자체가 우리 자신은 아닙니다. 흑점이 있다고 해서 태양이 아닌가요? 고요히 자기 안으로 들어가 내면의 불꽃을 발견한 사람은 압니다. 자기 자신과 화해하지 않은 사람은 결코 남을 품어 안을 수 없다는 사실을.

늘 얼굴을 찌푸리고 다니는 사람한테 좀 밝게 살라 하면 열에 아홉은 "그런데……"로 시작하는 온갖 변명을 늘어 놓습니다. 그러나 우리는 무조건 밝아질 수 있습니다. 무엇이 어때서 밝아지는 것이 아닙니다. 자기 스스로 만들어 놓은 관념 때문에 못 하는 것이지 밝아지지 못할 이유가 어디에 있겠습니까?

길을 가다가 오물이 가득 고인 웅덩이에 한쪽 발이 빠진 아이가 있습니다. 그냥 냅다 발을 들어 빼면 될 텐데 아이는 울면서 계속 엄마만 찾습니다. "지, 지" 하고 있다고 해서 발이 절로 빠져나올 리는 만무하지요. 냄새만 자꾸 날 뿐입니다.

자기 삶에 변화가 있었으면 하고 바라면서도 환경 탓을 하는 이는 오물에 빠진 아이와 하나도 다를 바가 없습니다. 발을 쑥 빼면 될 텐데 계속 "지, 지" 하는 그는 아직 어린 사람입니다. 그냥 밝아지면 되는데, 우리의 머리는 "이것도 없고 저것도 없고 이것도 안 되고 저것도 안 되고……, 너는 좀더 고민해야 해, 그게 너한테 어울려" 늘 그렇게 이야기합니다.

많은 사람들이 '네가 죽어야 내가 산다'는 생각에 길들여져 있습니다. 그 생각은 우리가 누리고 있는 문명의 가장 밑바닥에서 우리를 조정하고 있는 것처럼 보입니다. 서로를 욕하고 서로에게 상처를 주고 서로를 절망시키는 대화들, 투쟁해서 이겨야 하고 으스대야 만족할 수 있다는 생각들……. 하늘로부터 받은 이 생명을 서로의 에너지를 빼앗는 데 쓴다는 것은 너무나 가슴 아픈 일입니다.

삶의 고비에서 힘들고 어려워하는 사람들을 만날 때마다 "이 세상에 놀러 왔다고 생각하며 살라"고 이야기해주고 싶습니다. 공부를 하다 보면 1등 할 수도 있고, 2등 할 수도 있고, 꼴찌 할 수도 있는 거지요. 그런데 다들 그것이 인생의 유일한 가치인 양 매달려서 끙끙댑니다. 공부도 자기 멋에 취해서 노는 것이라고 생각해보면 어떨까요? 1등을 했으면 열심히 한 만큼 칭찬받으면 됐지, 2등 3등한 사람을 멸시할 필요는 없지 않겠습니까? 또 나보다 공부 잘하는 사람을 질투할 필요도 없을 테고.

우리는 세상에 놀러 왔다가 때가 되면 돌아갑니다. 놀다 보니까 함께 길을 가는 이도 생기고 자식도 생기고 일도 생기고 그러는 거지요. 놀다 보면 때로 질 수도 있는 겁니다. 놀이에서 한두 번 졌다고 너무 심각해 할 필요는 없습니다. 삶을 놀이라고 생각한다면 시험에 떨어졌다고 해서, 사업에 실패했다고 해서 삶을 포기하는 이는 없을 겁니다.

그리고 정말로 몰두해서 놀 때, 놀이에 열중한 아이처럼 일할 때 최선을 다할 수 있습니다. 큰 기쁨과 큰 슬픔은 원래 인지되지도 않는 것이라고 합니다. 어쩌면 아무 생각 없이 묵묵히 자신이 맡은 일을 하는 그 순간이 최고의 몰두이며 가장 신명나는 놀이판인지도 모릅니다. 무엇인가 끝내주는 것을 찾고 있다는 것은 아직 덜 여물었다는 표시이기 쉽습니다. 그것은 '보채는 마음'에서 나온 것이기 때문입니다. 공부도 일도 정말 노는 마음으로 해보고, 인생도 노는 마음으로 살아봅시다. 그렇게 살다보면 우리가 이 세상을 떠날 때도 '나, 잘 놀다 간다'고 말하며, 늙은 타오스 인디언처럼 노래할 수 있을지도 모릅니다.

오늘은 죽기 좋은 날

모든 생명체가 나와 조화를 이루고
모든 소리가 내 안에서 합창을 하고
모든 아름다움이 내 눈 속에 녹아들고
모든 사악함이 내게서 멀어졌으니
오늘은 죽기 좋은 날
나를 둘러싼 저 평화로운 땅
마침내 순환을 마친 저 들판
웃음이 가득한 나의 집
그리고 내 곁에 둘러앉은 자식들
그래, 오늘이 아니면 언제 떠나가겠나
(낸시 우드의 시 〈오늘은 죽기 좋은 날〉)

인디언들이 대지에 뿌리를 내리고 자연과 교감하며 살았듯이 하
늘을 가슴에 품고 놀 때 그 놀이는 깨달음의 놀이가 됩니다. 하늘
을 가슴에 품는다는 것은 그리 거창한 것이 아닙니다. 우리가 큰
기운을 통하여 하나로 연결되어 있음을 알고 나를 넘어 전체를 생

각하며 살아가는 것이지요. 그렇게 하면 '너 죽고 나 살자'는 문화가 아니라 '너도 살고 나도 사는' 문화를 꽃피울 수 있습니다. 그것은 거창한 문화 이론이 있어야만 가능한 일이 아닙니다. 서로 도우며 살 때 큰 힘과 기쁨을 얻는 것이 우리 존재의 본성임을 알고 아주 작은 일이라도 서로를 생각하는 마음으로 하면 되는 것입니다.

진정한 건강이란 바로 사랑하고 사랑받으며 자신이 하늘로부터 받은 생명을 충분히 사용하며 살다 가는 것입니다. 자신은 정말 그렇게 살고 싶은데 주위의 여건이 허락하지 않는다고 말하지 맙시다. 그 안 되는 원인을 밖에서 찾지 말자는 것이지요. 또 다른 사람이 안 하니 나도 안 하겠다고 말하지 말자는 것이지요.

너무나 많은 사람들이 피해의식을 갖고 있기 때문에 "모든 문제가 당신한테 있다"고 말하면 잘 받아들이지 않습니다. 그러나 그 말에 수긍하여 고개를 끄덕일 수 있을 만큼 의식이 깨어날 때, 그 사람은 밝아지기 시작합니다. '그래 나한테 문제가 있구나, 내가 나를 바꾸어야겠다'는 마음이 생긴 사람, 그리고 그 마음을 행동으로 옮긴 사람에게 "아, 당신은 철이 났구려. 당신은 눈을 떴구려" 하고 말할 수 있습니다.

또 철이 난 사람은 자기 안에 핀 기쁨의 꽃을 다른 사람에게도 나눠주고 싶어합니다. 그래서 오직 '나'에게로만 향해 있던 눈을 크게 떠 이웃과 사회가 함께 철드는 일에 앞장서게 되는 것이지요.

남이 뭐라고 하든지간에 자기가 정한 것이면,
자기가 선택한 것이면, 자기가 귀하다고 생각한 것이면
굴러다니는 작은 돌멩이 하나가
주먹만 한 다이아몬드보다 소중한 것입니다.

'봄이로다. 생명 있는 모든 것들은 명절날 구경 나서는 아가들 모양
으로 맘이 들뜨고 맘이 바쁘다.'

'만물이 춘광에 흠씬 취해 도연陶然한 시간을 갖고 온갖 집이란
집의 뜰안에 노래가 빛날 때 사람 마음엔들 왜 물이 오르지 않으
며, 싹이 트지 아니하며, 꽃이 피지 아니하며, 시詩가 뛰놀지 않겠습
니까?'

이런 글들을 읽고, 때 되면 찾아오는 계절이건만 문학 한다는 이
들의 봄은 저리도 서정에 겨운가 했더니, 봄은 시인이나 젊은 처녀
들만 흔들어 놓는 게 아닌가 봅니다.

이 봄을 맞으면서 몇 번이나 깜짝 깜짝 놀라게 되는지 모릅니다.
이른 아침 집을 나서면서, 오전 일을 마치고 점심 식사를 할 요량
으로 일터를 나서면서 나도 모르게 팔을 벌리고 '흐-음' 하며 깊은

숨을 들이쉬게 됩니다. 대기와 내 몸 사이의 경계가 사라져버리고 온 존재가 봄볕에 녹아드는 것만 같습니다.

지난달까지만 해도 서걱서걱 서릿발이 밟히던 동네 초등학교 운동장도 다시 사람들을 불러들이기 시작했습니다. 어제 아침에는 젊은 남자가 어린 딸과 함께 더운 입김을 내뿜으며 운동장을 돌다 갔습니다. 오늘은 그 운동장에서 맞닥뜨린 작은 발견에 대해 이야기하려 합니다.

잠이 덜 깬 눈으로 천천히 걷다가 점점 빨리 달리는데 문득 살갗에 와 닿는 바람의 느낌이 다르다는 데 생각이 미쳤습니다. 마치 따스한 햇살이 데워놓은 호수의 물결을 가르는 듯한 느낌이었지요. 신기해서 이번에는 숨이 찰 정도로 힘껏 달려보았습니다. 게처럼 옆으로 걸어보고, 갈 지之 자로 걸어보고, 뒷걸음질쳐보고, 발을 모 둔 채 캥거루처럼 껑충껑충 뛰어보고, 미동도 하지 않은 채 가만히 서 있어 보기도 했습니다. 심지어는 갓 돌이 지난 아이처럼 손과 발로 엉금엉금 기어보기도 했지요. 다 달랐습니다. 얼굴에 부딪쳐 오는 바람의 느낌, 심장의 고동 소리, 숨의 깊이도 그때마다 달라지고 운동장 안의 작은 철봉들, 키 작은 사철나무 울타리들도 조금씩 다르게 보이는 것입니다.

사실, 이러한 변화는 너무나 당연한 것이지요. 걸을 때와 뛸 때의 몸의 생리적인 반응이 똑같을 리 만무하고, 사물을 고요히 응시할 때와 스치듯 바라볼 때의 느낌이 같을 리 없겠지요. 그러나 매순간 내가 무언가와 항상 '새롭게 만나고 있음'을 자각하고 그것에서 배우는 것과 무감하게 지나쳐버리는 것은 하늘과 땅 차이입니다.

바람과 공기와 풀과 나무들, 매일 보는 가족의 얼굴, 일터의 사람들, 친구, 내가 하는 일……. 어제도 만났고 오늘도 만났고 내일도 만날 사람과 일이지만 한 순간도 같은 만남은 없습니다. 삶의 모든 순간은 그 숱한 '만남'을 통해 배우라고 하늘이 우리에게 내어준 거룩한 시간과 공간인 것입니다.

많은 사람들이 영적인 성장은 무엇인가 신비한 체험을 통해서만 온다고 생각합니다. 그러나 그것은 밥 먹고 잠자고 일하고 말하고 생각하는 일상의 삶 가운데 존재하는 것이지요.

지금까지 살아오는 동안 수많은 만남과 선택의 순간이 있었습니다. 이 봄날 아침에 아주 작은 일에서부터 인생의 이정표가 정해지는 큰 일까지 모든 만남과 선택의 순간에 나는 어떻게 반응했나를 되돌아보게 됩니다.

선택의 순간에 항상 뒤로 물러서기만 하는 사람은 평생이 가도 자기 초월의 엄숙한 기쁨을 맛보기 어렵습니다. 이 세상은 선택을 하든지, 아니면 선택을 당하든지 둘 중 하나입니다. 선택을 당하는 것을 중요하게 여길 것인가, 자신이 주체적으로 선택하는 것을 더 중요하게 여길 것인가? 지금까지 선택의 순간에 나는 어떻게 행동해왔는가? 이 물음은 굉장한 위력을 가졌습니다. 우리 자신에 대해서 많은 것을 알게 해주기 때문이지요.

어떤 일에 부딪혔을 때 자기가 책임지려 하지 않고 항상 누가 결정해주기를 바란 것은 아닌가? 내가 아닌, 남이 내려준 결정이기 때문에 그 책임은 내가 지지 않아도 된다는 얄팍한 생각을 하며 살아온 것은 아닌가? 또 그 동안 자기 자신을 인정하지 않았던 것은 아닌가? 자신감이 없기 때문에 나의 모든 것을 인정하고 책임지기를 두려워했던 것은 아닌가? 외면하지 말고 정면으로 물어야 할 질문들입니다.

어떤 사람의 생애이든 상관없이 삶은 우주에 흔적을 남깁니다. 한 사람의 탄생은 사회라는 공간 속에, 우주라는 공간 속에 물결을 일으킵니다. 나라는 존재는 전체 우주를 구성하는 씨줄과 날줄의 한 부분이며 그 어떤 것도 나를 대신할 수 없습니다.

아무리 가치가 없는 것도 내가 결정했고 내가 선택했기 때문에 그것은 세상 어떤 것보다도 소중하고 의미 있는 것입니다. 자기가 정한 것이기 때문에 귀한 것이지, 자기가 없어진 뒤라면 무엇이 귀하겠습니까? 터질 듯한 봄날의 서정도 자기가 있기 때문에 가능한 것이며 삶이 자기 창조의 과정임을 자각하는 것도 내가 있기 때문에 가능한 것입니다. 모든 것을 내가 책임지겠다는 마음만 가지면, 그런 큰 용기만 가지면 세상 모든 일이 너무나 명확해지고 지극히 단순해집니다.

남이 뭐라고 하든지간에 자기가 정한 것이면, 자기가 선택한 것이면, 자기가 귀하다고 생각한 것이면 굴러다니는 작은 돌멩이 하나가 주먹만 한 다이아몬드보다 소중한 것입니다. 자기 자신에 대한 소신이 없기 때문에 많은 사람들이 사물에 매이고 끌려다닙니다. 남이 나를 어떻게 평가할 것인가, 남이 나에게 어떤 꼬리표를 붙일까, 전전긍긍하게 되는 것이지요.

인간관계에서도 마찬가지입니다. 어떤 사람이 나에게 귀하다면 세상의 다른 사람들이 그를 귀하다고 평가했기 때문이 아니라 내가 그를 귀한 사람이라고 여기고 선택했기 때문입니다. 또 내가 그에게 소중한 존재가 되는 과정도 마찬가지입니다. 귀하다 혹은 천하다, 가치가 있다 없다를 정하는 것은 오로지 우리 자신의 마음입니다. 거기에 누구도 관여할 수 없습니다.

보디빌딩을 하는 사람들은 근육이 찢어지는 것 같은 고통을 느낄 때까지 운동을 한다고 합니다. 그 과정을 거친 연후에야 근육에 힘이 붙고 탄력이 생기기 때문이지요. 누구의 삶에나 여러 가지 장애가 있게 마련입니다. 그런데 '힘이 드는' 정도에서 멈추면 아무런 변화가 없습니다. 도저히 못 참겠다 하는 순간을 한 번, 두 번, 세 번 넘어갔을 때 치열한 자기 의식을 통해 스스로를 넘어설 수 있습니다.

무언가 힘들다고 느꼈을 때 '아, 지금부터 새로운 변화가 일어나고 있구나, 무엇인가 발전하려는 조짐이 보이는구나' 하고 기뻐해야 합니다. 모든 것은 하나의 습관이며 생각하기 나름이고 행동하기 나름입니다. 힘들다고 느끼는 순간에 포기하고 안 한다면 '나는 힘든 것은 안 한다'가 그 사람의 삶의 스타일이 됩니다.

힘이 든다고 생각될 때 그 순간을 극복하면 어떤 일이 일어날까 하는 기대감과 호기심을 갖고 부딪쳐 보라고 말하고 싶습니다. 도저히 안 되겠다고 느껴지는 순간을 한 번 넘고 두 번 넘었을 때 성취감을 통해서 기쁨을 맛보게 됩니다. 힘이 든다고 포기하면 그 다음에 주어지는 것은 좌절감뿐입니다. 그 좌절감이라는 고통은 오래 갑니다. 평생 갈 수도 있는 것이지요.

새로운 미래는 누가 가져다주는 것이 아니고 내가 '장애'라는 빗장을 열고 하나하나 통과해 주체적으로 맞이하는 것입니다. 영적인 성장은 무엇을 많이 알고 들어서가 아니라, 이처럼 순간 순간 자신이 선택한 것에 대해서 책임을 지는 과정을 통해 이루어지는 것입니다.

선택과 책임의 의미를 아는 사람은 자그마한 것에 빠져서 울고 웃지 않습니다. 남보다 더 적게 가졌다고 해서 자신의 처지를 비관하지 않습니다. 누가 나한테 무엇을 안 해줬다고 해서 원망하거나 미워하지도 않습니다. 그리하여 가슴은 대의大義를 품어 사자의 심장처럼 뜨겁고, 두 눈은 허공을 뚫고 이상과 꿈을 그리며, 얼굴은 편안함과 자신감이 넘치는 밝고 강한 사람이 됩니다.

골방에 틀어박혀 세상을 불평하는 이의 외로움은 값싼 것이지만
당당하게 삶을 마주하며 걷는 이의 고독은 아름답습니다.
가슴에는 찬란한 고독을 품었지만
생生의 유머를 잃지 않고 노래하며 가는 사람,
그에게서는 흉내낼 수 없는 향기가 납니다.

노래하며 가는 사람

길가의 수양버들이 녹색이 오른 제 잎의 무게를 견디지 못해 한 뼘쯤은 더 늘어져 있습니다. 지난달까지만 해도 작게 망울져 있던 은행나무 잎도 다닥다닥 부챗살을 펼친 채 키 자랑이 한창입니다. 사월도 반이 지나간 산과 들은 저렇게 푸른데 사람들의 얼굴은 유난히 어둡습니다. 어디 가나 사는 게 힘들다는 소리가 끊이지 않고 들려옵니다. 누군가는 "우리 민족 전체가 하늘 앞에 엎드려 천제天祭라도 올려야 할까보다"라고 혼잣말을 내뱉습니다.

  오늘은 참 싱거운 이야기를 하려고 합니다. 미리부터 싱거울 거라고 고백하는 까닭은 전혀 새로운 이야기가 아니기 때문입니다. 늘상 느끼는 것이지만 세상에 진리의 말씀이 없어서 어두운 적은 한 번도 없었습니다. 문제는 작은 것이라도 실천하려는 의지와 마음자세이지요. 장담컨대 삶에서 다음의 네 가지 지혜를 실천하며 사는 사람은 행복합니다.

　얼굴은 항상 밝게
　말은 정직하고 신념이 넘치게
　사고는 긍정적으로
　마음은 원칙을 중심 삼고

많은 사람들이 웃음을 잃어버린 채 살아가고 있습니다. 왜 그리 얼굴이 어둡냐고 물으면 다들 '살기 어려운 세상' 탓을 합니다. 그런데 참 이상한 일이지요. 왜 우리는 꼭 즐거운 일이 있어야만 웃을 수 있다고 생각하는 것일까요? 기쁜 일이 있어서 웃는 게 아니고 먼저 웃고 나면 기쁨이 옵니다. 그러니 지금 바로 천천히 깊은 숨을 내쉰 후 입술은 미소를 띠고 눈빛은 감동을 담아 말해봅니다.
　"나는 이제부터 웃기로 한다" 라고.
　처음에는 어색해서 얼굴이 일그러질지도 모릅니다. 그럴수록 아주 진지하게, 온 마음을 다해 말해보십시오. 그러면 마음이 호수처럼 고요해지고 존재 깊숙한 곳에서 아침 안개처럼 피어오르는 무언가를 느끼게 될 겁니다. 당신은 곧 그것이 '기쁨'이라는 것을 알게 됩니다.
　흔히 말 한 마디로 사람이 죽고 산다고 합니다. 여기 와서는 이 말을 전하고 저기 가서는 저 말을 전해서 사람들 사이에 불신을 심는 사람은 이 세상에 큰 생채기를 내는 사람입니다. 요즘은 왜 그렇게 거짓된 말들만 넘쳐나는지 모르겠습니다. '보고 들은 것 이외에는 논하지 말라'가 언어 습관의 신조가 되도록 해야 합니다. 우리의 입을 떠나간 말들이 사람과 사람을 갈라놓고 결국은 부메랑처럼 자기에게 돌아와 꽂히는 것을 우리는 얼마나 많이 목격해 왔습니까? 남의 이야기를 전할 때는 한번쯤 더 생각해 보기로 합시다. 그 이야기가 다른 사람에게 정말 도움이 될 것인가를.

긍정적인 생각의 중요성은 새삼 강조할 필요도 없을 테지요. 이 우주는 정말로 에누리 없는 장사꾼입니다. 마음 저 깊은 곳에 '나는 안 돼' 하는 생각을 숨겨 놓고 우주가 그것을 눈치채지 못할 거라는 순진한 착각에 빠져 있는 사람은 없을 테지요.

요즘의 우리 사회는 원리나 원칙보다는 편법이 우위에 있는 사회입니다. 원칙을 강조하면 앞뒤가 꽉 막혀 있거나 시대에 뒤져 덜떨어진 사람 취급을 받습니다. 그러나 우리의 양심은 잘 알고 있습니다. 정말로 원리에 뿌리를 내리고 살아야 한다는 사실을. 이 시대에 원칙을 중심 삼고 가는 사람은 고독합니다. 그리고 그렇게 살고자 마음먹은 사람은 고독한 것을 두려워해서도 안 되지요. 그 고독이 결국에는 큰 환희와 평화로 변해 우리 스스로와 세상에 생기를 불어넣기 때문입니다.

원리에 뿌리를 내리고 가는 이는 사람들 사이에서 우리 몸의 척추
와 같은 역할을 하는 사람입니다. 척추는 위로는 하늘을 받치고
아래로는 땅을 받치고 있지요. 이렇게 중심을 정확하게 잡아주어
야만 몸 안의 여러 장기가 편안해집니다. 척추가 왼쪽 어깨에 의지
한다든지 앞으로 기운다든지 하면 몸 전체가 다 불편하게 됩니다.
　원래 고독과 외로움 속에서 큰 진리가 내려오는 법입니다. 아무
리 진리의 말씀을 많이 들어도 개인적인 욕망에만 빠져 있는 사람
은 그 진리가 가슴에 스며들 리 없습니다. 세상에는 많은 외로움이
있으나 이왕이면 큰 뜻을 품은 이의 가슴에 고이는 외로움을 배우
도록 합시다. 골방에 틀어박혀 세상을 불평하는 이의 외로움은 값
싼 것이지만 당당하게 삶을 마주하며 걷는 이의 고독은 아름답습
니다. 철저히 외로움을 느껴본 사람, 철저히 홀로 되어본 이만이 참
으로 '전체'가 무엇인지를 느낄 수 있습니다.
　완전하게 홀로 되어 전체를 느껴본 사람은 누가 무어라 해도 초
연합니다. 그는 칭찬에 너무 귀기울이지도 않고 비난에 흔들리지
도 않고 앞만 보고 나아갑니다. 가슴에는 찬란한 고독을 품었지만
생生의 유머를 잃지 않고 노래하며 가는 사람, 그 사람에게서는 흉
내낼 수 없는 향기가 납니다.

이 네 가지 지혜를 실천하는 사람은 자기 자신을 느끼고 실현하는 기쁨을 발견하게 됩니다. 그렇게 되면 차 한 잔을 마시든, 아무리 하찮은 사람과 대화를 나누든, 아무리 작은 일을 하든 가슴 속에 기쁨이 넘칩니다. 누가 어떻게 해줘서 기쁜 것이 아니라 가슴에서부터, 생명에서부터 울려나오는 큰 환희심과 기쁨이 샘솟는 것입니다.

죽음도 그렇게 큰 태연함과 행복을 어떻게 할 수 없습니다. 평범하지만 위대한 이 삶의 지혜를 실천하며 사는 이에게도 물론 장애는 있습니다. 그러나 그에게 장애는 작고 평화는 큽니다. 자신이 누리는 평화와 행복이 크기 때문에 장애는 조그맣게 보이는 것이지요. 우리에게 행복하지 말라고 이야기하는 사람은 아무도 없습니다. 우리는 지금 당장 여기에서부터 행복을 창조할 수 있습니다. 행복은 조건이 필요 없는 것입니다. 우리에게 필요한 것은 단 한 가지, 마음을 바꾸는 일이지요.

어린아이를 내버려두면 배고플 때 외에는 항상 방긋방긋 웃습니다. 왜일까요? 생명이 충만한 시절이기 때문에 고민과 갈등이 없는 까닭이지요. 한 대 쥐어박으면 울음을 터뜨리다가도 뒤돌아보면 언제 그랬냐는 듯이 방긋방긋 웃습니다. 그러나 대부분의 어른들은 어떤가요? 한 대 맞은 것만 기억하고, 그 기억에 사로잡힌 채 계속 찡그리고 있지요.

우리는 계산하고 배워서 태어난 생명들이 아닙니다. 그냥 나온 것이지요. 우리의 삶이 의미가 있다, 없다를 따지기 전에도, 자신의 이름조차 몰랐을 때에도 우리는 완전하게 이 세상에 나왔습니다. 하늘이 주관하는 대생명력의 강줄기를 따라 자연스럽게 여행을 시작한 것입니다. 그런데 하늘이 왜 거기까지만 완전했겠습니까? 하늘은 어머니 뱃속에서 나올 때까지만 우리를 주관한 게 아니고 그 후로도 계속, 삶이 어렵다고 푸념하는 이 순간에도 우리를 주관하고 있습니다.

그러니 근심하고 걱정할 필요가 없습니다. 우주의 대생명력의 강줄기에 우리 자신을 맡기면 됩니다. 그리고 우리는 찰나찰나 항상 기뻐하고 서로 사랑하면 되는 것입니다. 항상 담담하고 편안하게, 정직하고 성실하게, 그렇게 살아가면 되는 것입니다. 기뻐해야 할 때 기뻐하고, 슬퍼해야 할 때 슬퍼하고, 사랑해야 할 때 사랑하고, 분노해야 할 때 분노할 줄 아는 삶, 세상에 그것 이상 가는 삶이 어디에 있겠습니까?

참 싱거운 이야기이지요. 그러나 당신이 그 네 가지 중에서 단 하나라도 진지하게 실천할 수 있다면 스스로 생각하기에도 참 멋진 사람이 될 것입니다.

지금은 분으로도, 초로도 잴 수 없습니다.
지금에는 과거도, 미래도 끼어들 수 없습니다.
시간의 개념으로는 잴 수 없는
찰나지간 속에서 영원과 만나는 겁니다.
나는 왜 행복한 일이 안 생길까?
뭘 그렇게 고민합니까?
지금을 자각하고 그냥 행복해져버리면 되지요.

오로지 '지금'만이 나의 것이다

지혜로운 사람은 내일 삼수갑산에 갈 망정 오로지 지금만이 자기 것임을 아는 사람입니다. 존재하는 것은 이 순간, 지금밖에 없습니다. 과거가 아무리 아름답다 할지라도 그것은 다만 과거일 뿐이지요. 미래가 꿈처럼 곱다 해도 그것은 환상일 뿐입니다. 바로 지금을 느끼지 못하는 사람에게는 전부 환상입니다.

대부분의 사람들은 지금의 자기를 잊어버리고 과거에 살고 미래에 삽니다. 깨달은 사람과 깨닫지 못한 사람의 차이는 다른 것이 없지요. 깨달은 사람은 지금에 삽니다. 내가 감기에 걸렸다, 관절염에 걸렸다……, 이것도 다 과거의 일입니다. 지금 속에는 아무것도 없습니다. 한때 기쁘고 한때 슬프고 하는 일들이 다 환상 속에서 있었던 일입니다. 바로 지금 이 속에는 슬픔도 기쁨도 없습니다.

지금이라는 그 시간을 정확하게 알게 되면 환희심만 있습니다. 전 우주에 대한 자각과 자기 자신에 대한 자각을 통한 환희심이 있을 뿐이지요. 과거나 미래에 대한 잡다한 생각을 갖고서는 영원한 세계와 만날 수 없습니다.

지금은 분으로도, 초로도 구별할 수 없습니다. 시간의 개념으로 잴 수 없는 찰나지간 속에서 영원과 만나는 겁니다. 어떤 깨달음이건 항상 번쩍할 때 오는 거지요. 순간적으로 옵니다. 생각에 골몰하고 눈을 깜박깜박 하면서 '아, 맞아! 깨달은 것 같은데' 그렇게 오는 것이 아닙니다. 과거나 미래에서 도를 구하고 깨달음을 찾고자 하는 사람은 바로 엉덩이를 만지면서 코를 찾으려고 하는 사람과 같습니다. 아무리 수백 년 동안 엉덩이를 만져봐도 코가 없지요. 얼굴을 만져야 코를 찾을 수 있습니다.

그래서 많은 성인들이 생각으로 도를 구하지 말라고 한 것입니다. 큰 이상과 꿈을 향해서 열심히 살 때, 전력투구할 때 자기도 모르게 찰나지간에 오는, 밝고 큰 세계와 만나게 됩니다. 그것이 지름길이지요. 큰 이상과 꿈을 향해서 전력투구했을 때, 그리고 어떤 공도, 어떤 명예도 바라지 않고 '뜻만 이루어진다면 나는 무엇이 되어도 좋다'는 마음 하나로 걸어가는 겁니다. 누가 뭐라고 해도 터벅터벅 그 길을 향해 갈 때 찬란한 고독을 맛보게 되고 찬란한 고독 속에서 큰 밝음을 보게 되는 것입니다.

지금의 의미를 알면 행복해지는 것은 정말 간단합니다. 먼 데 있는 것이 아니지요. 나는 왜 행복한 일이 안 생길까? 뭘 그렇게 기다립니까? 지금을 자각하고 그냥 행복해져버리면 되지요.

늘 행복하고 기뻐하는 사람은 참 보기가 좋습니다. 그런데 세상에는 한 번 기쁘게 하고 또 웃게 만들기가 굉장히 어려운 사람이 많습니다. 여간해서는 기뻐하지 않고 항상 입을 굳게 다물며 무게 잡고 다니는 사람들은 대하기가 참 힘이 듭니다. 그런 사람들을 볼 때마다 웃는 학원, 우는 학원을 만들면 성공할 거라는 재미있는 생각을 해봅니다. 가슴이 확 풀려서 약을 몇 첩 달여 먹는 것보다 훨씬 효과가 있을 겁니다.

어떻게 보면 인생은 웃기 위해서 산다고 할 수 있고, 울기 위해서 산다고 할 수 있습니다. 우리의 기억 중에서 잊지 못할 일에는 늘 웃음이나 울음이 함께하지요. 웃고 우는 것을 마음대로 할 수 있는 사람이라면 행복과 불행은 다 내 손 안에 있다고 장담해도 좋은 사람입니다. 그렇게 하려면 감정의 노예가 되어서는 안 됩니다. '지금'이라는 두 글자를 의식의 세계에 선명하게 새길 때에만 가능한 일이지요.

생각도 에너지이고 감정도 에너지입니다. 비행기를 타고 외국을 여행할 때 지금 한국은 몇 시인데, 이런 생각을 하는 순간 뇌는 반응을 합니다. '시차에 적응하려면 나는 지금 자야 해, 졸리는 것이 정상이야.' 이렇게 반응을 하는 것입니다. 그러나 오직 지금만을 자각하면 우리 몸도 그에 맞춰 변화하게 되어 있습니다. 자꾸 뒤돌아보지 말고 앞으로 나아가야 합니다. 안 좋은 감정에 빠졌을 때 이 감정을 어떻게 하면 없앨까 하고 자기 감정을 분석하고 해부하는 사람이야말로 정말로 어리석은 사람입니다. 그는 지금을 놓치고 자꾸 과거로 도피하고 있는 사람입니다. 이 감정은 내가 아니다, 나의 기억 장치에 새겨진 하나의 정보일 뿐이다, 그것을 자각하고 앞으로 나아가기만 하면 될 텐데 말입니다.

슬픈 감정 위에 아무리 화려한 웃음을 녹음해봤자 일정한 상황이 되면 웃음은 튀어나가버리고 슬픔만 도드라집니다. 그래서 녹음을 할 때는 과거의 것을 깨끗이 지우고 새롭게 해야 합니다. 과거의 것이 깨끗이 지워지기만 하면 굳이 새로운 것을 창조하기 위해 고심할 필요도 없습니다. 우리에게는 하늘이 준 순수하고 창조적인, 우주적인 사랑의 감정이 원본으로 들어 있기 때문입니다. 잘못된 기억들만 지우면 그 사랑이 나오기 시작합니다.

수많은 사건들과 그 사건에 반응하는 수많은 감정들. 우리 모두는 수많은 사람들이 뿜어내는 감정의 바다에 떠 있는 돛단배와 같습니다. 그 감정의 바다가 어디를 향해 가고 있는가? 그 감정의 바

다에 같이 빠지면 보이지 않습니다. 해수면으로부터 하늘 높이 비상하여 세상을 한번 바라보아야 합니다. 이 감정의 바다의 흐름을 바꿀 수 있는 것이 무엇인가? 우리 시대 의식의 강줄기는 그냥 두면 죽음의 바다로 가게 돼 있습니다. 그 감정과 의식의 강줄기를 삶의 바다로 돌리는 일에 팔 걷어붙이고 나서야 할 때입니다.

이제 많은 사람들이 자기를 내세우기보다는 전체 속에 어떻게 녹아들어가서 전체 의식을 성장시킬까를 고민하고 있습니다. 그동안은 우리 모두가 남보다 뭔가 뛰어나고 특출나기 위해서 살아 왔습니다. 이제 그 문화의 강줄기를 되돌려야 합니다. 항상 전체를 생각하는 사람은, '전체가 성장하는 일이라면 나는 무엇이 되어도 좋다'는 마음이 되어야 합니다. 그것이 바로 무無의 의식, 공空의 의식입니다. 한 개인이 우수하고 한 개인이 잘나서는 우리 사회가 바뀌지 않습니다. 집단의 의식, 민족과 인류 전체의 공동의 가치관의 전환이 일어나야만 우리 사회를 죽음의 바다에서 삶의 바다로 돌려놓을 수 있습니다.

얼마만큼 많은 지식과 능력을 갖고 있느냐는 그리 중요한 것이 아닙니다. 그 지식과 능력을 무엇을 위해 쓸 것인가가 정말로 중요한 시대입니다. 이제 우리 시대는 전체에게 도움을 줄 수 있는 사람을 찾고 있습니다. 이 민족과 인류에게 도움을 줄 수 있는 의식을 갖고 있는 사람! 그러기 위해서는 나와 민족과 인류가 하나이며 하늘과 땅과 사람이 하나라는 의식, 천지인天地人 정신에 바탕하지 않으면 안 됩니다.

그동안 우리를 지배했던 사고는 수직적인 가치 기준을 갖고 있었습니다. 나, 내 아들, 내 아내……, 이렇게 아래 위로 내려갔지요. 이웃하고는 담을 쌓고 살았습니다. 우리는 남보다 더 잘산다고 느낄 때 기뻐했고 아무 의심도 없이 행복했습니다. 그러나 이제 많은 사람들이 유일한 생의 목표인 것처럼 알고 살아왔던 그 거짓된 목표에 의문을 던지고 있습니다. 우리 시대의 새벽이 열리고 있는 것입니다.

우리 모두는 삶이라는 여행에서
보물찾기를 하는 아이와 같습니다.
심각할 것도 없이, 하나의 놀이처럼,
'이 삶에 무엇이 있나?' 하고서
호기심 어린 아이의 눈으로
삶을 탐사해야 합니다.

보물찾기

세상이 변한다 변한다 해도 동심은 여전히 동심인가 봅니다. 초등학교에 다니는 조카 녀석이 내일 학교에서 도시 근교로 단체 나들이를 가는 모양입니다. 집에 도착하자마자 가방을 내팽개치고 조잘조잘 자랑이 대단합니다. 주먹만 한 별이 총총히 떠 있는데도 목을 빼고는 창 밖을 내다보며 "비, 안 오겠죠? 비, 안 오겠죠?" 벌써 몇 번째 확인하는지 모르겠습니다.

하긴 우리 어렸을 때도 소풍 전날 밤은 얼마나 가슴이 설레던지요. 아이들이 여럿인 집에서는 밤새워 김밥을 말고, 어머니 옆에 줄지어 앉아 삐죽빼죽 썰다 남은 김밥에 눈독들이곤 했지요.

요즘 아이들도 그런 놀이를 하는지 모르겠지만 우리 때만 해도 소풍날의 꽃은 장기 자랑과 보물찾기였습니다. 선생님들이 돌 밑이나 소나무 껍질 틈에 보물(물론 종이 쪽지였지만)을 숨겨놓으면 침을

꼴깍꼴깍 삼켜가며 온 산을 뒤지곤 했습니다.

그런데 이런 상상을 해보기로 하지요. 한 얄궂은 아이가 있어 의심하기 시작합니다. "치, 선생님은 보물을 숨겨놓지도 않았으면서 괜히 찾으라고 해." 그 아이는 저만치 떨어져서 뛰어가는 친구들을 보며 '참 바보들이다' 하겠지요. 보물을 찾으려고 할 리도 없고, 설령 돌무더기를 들춰보고 나무둥치를 샅샅이 뒤진다 하더라도 그 아이의 눈에는 보물이 들어올 리 없겠지요. 보물이 있다는 사실을 믿지 않으니 말입니다.

때로 우리 모두는 삶이라는 여행에서 보물찾기를 하는 아이와 같다는 생각을 해봅니다. 심각할 것도 없이, 하나의 놀이처럼, '이 삶에 무엇이 있나?' 하고서 호기심 어린 아이의 눈으로 삶을 탐사해야 하지 않을까 하는 생각이 듭니다. 그런데 많은 사람들이 보물을 찾기보다는 선생님을 의심하는 얄궂은 아이처럼 고개를 갸웃거리느라 시간을 다 보내고 맙니다. 우리의 삶에 정말로 보물이 예비되어 있는가 하고.

살아간다는 것이 소풍날과는 또 달라서, 선생님이 보물을 어디에 숨기는지 훔쳐볼 기회는 없겠지요. 그러나 앞서 살다간 이들이 우리에게 귀띔을 해주었습니다. "누구에게나 있습니다, 그것도 당신 가슴에 있습니다." 이렇게 말이지요.

삶에서 찾을 수 있는 가장 큰 보물은 우리 내부의 참된 나가 우주의 대생명력과 하나임을 깨닫고, 그 신성의 물줄기를 향해 자신을 활짝 열어놓는 것입니다. 그 신성은 모두에게 똑같이 존재하지만 간절히 바라고 마음을 열어놓느냐, 그렇지 않느냐에 따라 나타나기도 하고 사라지기도 하는 것이지요.

삶에서 깊은 지혜와 통찰력을 얻기 위해서는 무엇보다도 우리 안의 신성이 우리 자신을 안내하고 있다는 절대적인 확신을 가져야 합니다. 우리 안에 하늘이 있다는 것을 모르기 때문에 수많은 사람들이 희망을 잃은 채 힘 없고 어두운 삶을 살아갑니다. 자기 안에 하늘이 있다는 것을 믿는 사람은 두려움이 없습니다. 왜냐하면 그는 항상 자신이 보호받고 있는 듯한 느낌 속에서 살아가기 때문이지요. 이 무한한 평화의 힘과 자신이 하나라는 사실을 얼마만큼 깊이 깨닫느냐에 따라 전에는 자신을 초조하게 하고 화나게 만들었던 사소한 일들에 대해 초연해지고 마음이 흔들리지 않게 됩니다.

우리 주위에 얼마나 많은 사람들이 끊임없이 두려움의 노예가 되어 살아가고 있는지 모르겠습니다. 생명력 넘치고 싱싱해야 할 삶들이 잔뜩 주눅들어 있고 고개를 떨구고 있지요. 많은 사람들이 에너지가 고갈된 채, 삶에 아무런 열정도 없이, 그저 떠다니듯 살아가고 있습니다. '이 순간만 지나면 진짜 인생이 시작될 거야' 하고 기적이 일어나기를 바라면서 말이지요. 그런데 우리의 눈이 밖으로 고정되어 있는 한 기적 같은 건 결코 일어나지 않습니다. 그러다가는 태양만 바라보고 사는 해바라기처럼 어쩌다가 구름이라도 끼는 날에는 어쩔 줄 몰라 안달하게 되고 한없이 슬퍼집니다. 내부로 눈을 돌려 내 안의 하늘과 대면할 때 비로소 우리는 삶의 중심에 서게 되지요.

제가 아는 한 사람은 어느 봄날 가로수에 돋은 첫잎을 보고 눈물을 펑펑 쏟더니 만나는 사람들에게마다 "하느님, 안녕하세요?" 하고 인사를 했습니다. 까닭을 물으니 자기 안의 신성을 만난 순간 보이고 들리는 모든 것마다에서 하늘이 느껴지더랍니다. 그 이야기를 듣고는 하도 좋아서 서로 마주보고 "나의 하느님" 하고 불러보았습니다. 모든 불편한 감정들이 사라지고 한 생명에 대한 감사함과 사랑만이 피어오르게 하는 마법 같은 말이더군요.

누군가 이 세상에서 제일 무서운 질문이 뭐냐고 물었는데 "왜 사나?"라는 대답이 들려와서 한바탕 웃은 적이 있습니다. 정말 그렇지요. "너는 왜 사나?", 이 질문은 "너는 누구냐?"와 마찬가지로 존재의 기반을 뒤흔들어놓는 무서운 질문입니다. 그러나 평생 동안

거울처럼 우리 자신을 비춰주는 고마운 질문이기도 하지요.

사람이 의식의 변화를 겪으려면 보통 세 단계를 거친다고 합니다. 처음 맞닥뜨리게 되는 것은 참회와 반성의 시간입니다. 어느 날 평소와 다름없이 일어나 일하고 사람들을 만나는데 가슴속에서 '이게 아닌데……' 혹은 '왜 사나?'와 같은 질문이 불쑥 솟을 때가 있지요. 모른 척하고 지나치거나, 멈춰서서 이 질문이 어디로부터 왜 오는지 귀기울이거나 둘 중 하나인데 '이것은 내가 원하는 삶이 아니었어!' 하는 자각과 함께 뜨거운 눈물이 쏟아진다면 내면으로 향하는 첫 발걸음은 이미 뗀 셈입니다.

그 다음에는 스스로를 사랑하고 믿는 과정이 필요합니다. 자기 부정과 연민을 거쳐 '나는 할 수 있다'는 믿음을 갖게 되는 과정이지요. 부정적인 생각으로 가득 차 있는 사람은 믿음을 갖기 어렵고 믿음이 없는 사람은 어떤 일이든지 성공으로 이끌기 어렵습니다. 스스로를 믿고 간절히 바라면 그것을 실현할 수 있는 힘은 절로 따라오게 돼 있습니다.

마지막 과정은 실천입니다. 대개 사람들은 이 과정을 무시하거나 건너뛰어 버리려 하지요. 그러나 실천을 통해서 성취를 경험해야만 진정한 자신감이 생기고 허무와 부정에서 빠져나올 수 있습니다. 지금까지 주위에서 사람이 성장하는 과정을 많이 지켜보아 왔지만 절대로 생각만으로는 바뀌지 않습니다. 직접 행동을 통해서 실천할 때 우리 뇌 속에 부정적인 기억들이 사라지고 긍정적인 생각들이 자리잡게 됩니다.

누군가 삶에 지쳐 몹시 외로워한다고 합시다. 평소 가까이 지내던 사람이 찾아와 "너 나하고 바닷바람이라도 쐬다 올래, 술 한 잔 할까?" 해서 그 사람의 외로움을 덜어줄 수는 있겠지요. 그러나 그것은 순간의 위로일 뿐입니다. 주위에 누군가가 관심을 갖고 행복하게 해주는 동안은 잠잠하지만 그 관심이 떠나버리고 나면 다시 힘겨워질 것은 뻔한 일이지요.

　많은 사람들은 이 실천의 과정을 거치지 않고 자꾸 행복한 순간만을 찾으려 합니다. 그래서는 진정한 변화가 오기 어렵지요. 그 누구도 나를 대신해서 내 삶의 문제를 해결해줄 수 없다는 자각, 내 안의 하늘에 대한 믿음, 그리고 두려움 없는 실천이 자아 발견의 지름길입니다.

감정이 나를 붙들고 있다고 생각하는 한은 감정을 놓을 수 없습니다.
문제가 나를 붙들고 있다고 여기는 한은 문제를 해결할 수 없습니다.
마찬가지로 병이 나를 붙들고 있다고 믿는 한은
병에서 벗어날 수 없습니다.
가장 먼저 치유해야 할 것은 병 자체가 아니라
병이 나를 움켜잡고 있다고 믿는 그 마음입니다.

삶의 채널을 바꿔라

어떤 제자가 스승을 찾아와 이렇게 물었습니다.

"스승님, 온갖 번뇌가 머리 속을 떠나지 않아 괴롭습니다."

스승이 말했습니다.

"그럼 놓아라, 놓아버려라."

제자가 다시 물었습니다.

"스승님, 저는 번뇌를 떨쳐버리고 싶지만 번뇌가 저를 붙들고 놓아주지 않습니다. 어떻게 하면 좋습니까?"

스승은 제자에게 작은 나뭇가지를 하나 구해오라고 일렀습니다.

"그 나뭇가지를 꼭 움켜잡아라. 손을 움직이지 말고 마음 속으로만 놓아라 놓아라, 소리를 질러봐라."

제자는 땀을 뻘뻘 흘리며 스승이 시키는 대로 했지만 아무것도 달라지지 않았습니다. 스승이 다시 일렀습니다.

"이제 움켜쥔 주먹을 펴라."

이윽고 '툭' 소리를 내며 나뭇가지가 바닥에 떨어졌습니다.

"나뭇가지가 너를 잡고 있었느냐, 아니면 네가 나뭇가지를 잡고 있었느냐?"

"아, 스승님! 진정 제가, 제가 붙들고 있었습니다."

제자는 스승 앞에 엎드려 통곡하고 번뇌를 벗었습니다.

살아가면서 우리는 그 제자와 같은 어리석음에 자주 빠집니다. 인간관계 속에서 생긴 안 좋은 감정에 사로잡혀서 몇 날 며칠을 끙끙대는 일이 얼마나 많습니까? 주위에서 "그러다가 몸 상한다, 지난 일이니 잊어라, 뭐 그깟 일로 속 끓이느냐?"며 온갖 위로와 충고를 하지만 고개부터 젓지요. 감정이라는 놈이 자기를 꼭 붙들고 있어서 도저히 벗어날 수 없다고 말입니다. 감정이 나를 붙들고 있다고 생각하는 한은 감정을 놓을 수 없습니다. 문제가 나를 붙들고 있다고 생각하는 한은 문제를 해결할 수 없습니다. 마찬가지로 병이 나를 붙들고 있다고 생각하는 한은 병에서 벗어나기 어렵습니다. 감정이 쌓이고 쌓여서, 부정적인 에너지가 뭉치고 뭉쳐서 병이 됩니다. 정말로 무서운 것은 병 그 자체가 아니라 병이 나를 움켜잡고 있다고 믿는 그 마음입니다.

자기 자신을 운전하는 방법을 잘 아는 사람이 있고 잘 모르는 사람이 있습니다. 하늘이 우리에게 준 성능은 차이가 없는데 운전을 어떻게 하느냐에 따라서 가는 길은 너무나 다릅니다. 처음에 운전 습관을 잘못 들이면 나중에 바꾸기가 굉장히 어렵습니다. 세상에는 자신의 운전 실력은 생각하지 않고 자동차만 탓하는 사람이 많지요. 그러나 원래 연주를 잘하는 사람은 악기를 탓하지 않는 법입니다.

계속 운전의 예를 들어볼까요? 당신은 지금 몇 단 기어를 넣고 달리고 있습니까? 계속 일단 기어로만 달리면 엔진이 열을 받아 못 쓰게 됩니다. 그런데 많은 사람들이 이단 넣는 방법도 모르고 삼단 넣는 방법도 모릅니다. 우리 사회가 그 방법을 제대로 가르쳐 주지 않기 때문입니다. 더욱 심각한 문제는 후진 기어를 넣은 채 앞으로 가겠다고 액셀러레이터만 열심히 밟아대는 사람이지요. 왜 내 인생에는 전진이 없나, 그 전진이 왜 이렇게 더디기만 한가 투덜대면서 말입니다.

자기의 감정을 냉정하게 바라보고 조절하면 되는데 많은 사람들이 그것을 못해서 에너지를 낭비하고 있습니다. 곁에 성능 좋은 에어컨을 두고도 쓸 줄 몰라 온풍기 바람 아래 땀을 뻘뻘 흘리는 사람처럼 말입니다. 우리 안에는 에어컨도 있고 온풍기도 있습니다. 때에 따라 선택해서 쓰면 되는 것이지요. 이기심이 많고 욕심이 많은 사람은 감정을 쉽게 버리지 못합니다. 이 세상에는 좋은 정보도 있고 나쁜 정보도 있는데 채널이 한쪽으로 고정돼 있어서 계속 부정적인 정보, 남이 잘 안 되는 이야기를 들어야 신이 나는 사람이 있지요. 그는 채널이 고정된 라디오나 텔레비전과 같습니다.

내 라디오의 주파수는 내가 얼마든지 바꿀 수 있다는 것, 내 삶의 주인은 바로 나라는 것, 이것이 바로 자아 발견입니다. 그것은 굉장한 깨달음입니다. 대개 사람들은 주파수를 한 번 정해놓으면 그 방송밖에 없는 줄로 착각하고 줄창 그 방송만 듣습니다. 그 사람은 편견이 많은 사람, 고지식한 사람, 남의 이야기를 잘 듣지 않는 경직된 사람이라는 이야기를 듣기 쉽습니다. 어떤 이야기를 들어도 공감이 가면 고개를 끄덕거릴 정도로 이완되어야 할 텐데 채널을 돌려본 지가 하도 오래돼서 녹이 슨 나머지 끼끼긱 소리를 내며 잘 안 돌아갑니다. 끼끼긱 소리가 계속 들리면 이거 스위치가 부러져서 어떻게 되는 건 아닌가 겁을 내게 되지요. 그러다보면 그 사람의 삶에서 점점 배움이 사라집니다.

사람은 누구도 부인할 수 없는 세 가지 욕구를 가지고 있습니다. 첫째는 자기의 안전에 대한 욕구입니다. 누군가 자기의 안전을 위협하면 사람들은 흥분하고 분노합니다. 흥분하고 분노하지도 못하는 상황이 오면 반대로 공포심에 빠지게 되지요.

둘째는 주위 사람들에게 인정받으려는 욕구가 있습니다. 인정을 받으면 기분이 좋고 인정을 받지 못하면 기분이 나쁩니다. 우리들의 현재의 모습은 나름대로 다 자기의 안전의 욕구를 충족시키고 인정받기 위한 연출의 결과입니다. 그 작품이 잘 됐건 못 됐건 간에 지금까지 안전을 위해 웃음을 지었고 의무를 다하려고 노력해 왔습니다. 연출이 적당히 잘 이루어져서 자기가 만들어놓은 보호장치가 쓸 만한 사람은 항상 여유가 있지만 무언가 어그러져 있다고 생각하면 그때부터 사람은 불안하고 마음이 바빠집니다.

셋째는 남을 지배하고자 하는 욕구입니다. 상대방이 자기가 원하는 대로 잘 따라주면 그 사람이 예쁩니다. 그러나 자신의 기대를 벗어나면 미워하게 되지요. 그 사람이 아무리 정의롭고 바른 사람이라고 해도 내 안전에 해를 준다든지 나를 인정해주지 않을 때는 미운 마음이 생깁니다.

우리가 느끼는 여러 가지 감정의 원인을 잘 분석해보면 대개 이 세 가지에서 벗어나지 않습니다. 흔히 자기를 들여다보라고 이야기하는데 내가 느끼는 기쁨과 슬픔, 온갖 감정은 어디로부터 생기는가를 잘 알아야 합니다. 이 세 가지는 자신을 들여다볼 수 있는 훌륭한 거울이고 스스로를 분석하는 도구입니다. 우리는 이 세 가지 욕구 속에서 춤을 추며 살아갑니다. 사람들은 어지럽게 춤추는 가운데서도 영원한 평화를 갈망하지만 이 세 가지를 걷어내지 않으면 영원한 평화란 없습니다. 또 이렇게 물어오는 사람이 있겠지요. "그 세 가지가 없으면 세상을 무슨 재미로 사나?"고 말입니다. 그러나 그 모든 것이 사라져도 나는 여전히 살아서 존재합니다. 자기의 아집을 버릴 때 무한한 창조성이 나옵니다. 자기 자신을 던져버리고 놓아버리면 그때부터 이완되면서 우주에 저장돼 있는 많은 정보의 혜택을 누리게 됩니다.

한 세상 살다 가는 건데 이왕이면 우주와 함께 춤을, 우주 에너지와 교류하면서 살다 가야 할 게 아닙니까? 감정 속에 빠져서 울고불고 가는 인생이 아니라 우리 안에 있는 신성을 밝히면서 가는 신령스러운 삶 말입니다.

마음이 어떤 상태인가에 따라 우리의 정신은
그 상태에 어울리는, 눈에 보이지 않는 물질을 끌어당깁니다.
얼마만큼 강한 기대를 갖고 계속해서 확신을 불어넣느냐에 따라
그 확신에 의해 정신적인 것이 물질적인 것으로,
눈에 안 보이는 세계가 보이는 세계로 바뀌어 나타나는 것이지요.

오늘, 내가 피운 꽃

오늘 아침은 바람이 깨워서 눈을 떴습니다. 입추가 지난 며칠 뒤부터 슬그머니 창문을 타고 넘어온 바람이 아침이면 몸을 간질이는데, 그 감미로운 애무에 안 넘어갈 재간이 없습니다. 강렬하고 눈부신 여름 햇살이 직설적이고 난폭한 자연의 모닝콜이라면 사람보다 먼저 일어나 살랑거리는 이 바람은 조금은 관능적이고 간드러진 모닝콜입니다. 비유컨대, 여름 햇살이 군대의 기상 나팔 소리라면 가을 바람은 연인의 귀엣말이나 입맞춤 같은 것이지요.

오늘 아침은 대지에 남아 있던 여름 기운이 완전히 빠져나간 듯 바람이 한결 맑고 청량합니다. 지난 여름 한철 잔뜩 열이 오른 사람들의 머리를 잠시 떼어내어 저 바람에 헹구고, 못 볼 것을 너무 많이 본 눈일랑 잠시 빼내어 저 하늘에 담갔다 끼웠으면 좋겠다는 엉뚱한 생각을 해봅니다.

요즘 나이가 들어갈수록 계절의 순환이 예사롭지 않게 느껴지고, 한 계절을 보내고 날 때마다 인생이 참 덧없다는 이야기를 많이 듣습니다. 그러나 바람의 방향이 달라지고 햇빛의 열기가 사그러들고 나무들이 옷을 갈아 입지만, 그것이 자연이라는 한 몸의 다른 얼굴이듯이 우리의 삶도 마찬가지입니다. 순간 순간 지금 여기의 삶을 살지만 동시에 영원을 살고 있는 것이지요.

영원한 세계에 눈을 뜨되, 현실에 굳건히 발을 디딘 채 이상을 향해 살아가는 것, 이것이 삶의 모습이 되어야 하지 않을까 생각합니다. 대부분의 사람들은 자기가 보고 느끼고 만질 수 있는 것이 아니면 믿지 않으려 합니다. 그러나 이 세상에는 보이는 것보다 보이지 않는 것이 더 많지요. 지금 이 순간도 우리 감각으로 느낄 수 없을 뿐 지구는 고막이 터질 정도로 큰 소리를 내며 빠르게 돌고 있습니다.

몸을 지니고 사는 동안은 현실에 정확하게 발을 딛고 살아야 하지만 그것이 전부가 아님을 또한 알아야 합니다. 그래야만 오감의 세계에서 느끼는 여러 가지 감정을 바라보고, 또한 다스릴 수 있습니다.

아무리 높은 의식 수준에 도달한 사람이라도 살면서 왜 슬픔과 고통과 외로움이 없겠습니까? 다만 영원한 생명의 실상에 크게 눈 뜬지라 그 고통에 지배당하지 않는 것뿐입니다. 그냥 느끼며 갈 뿐이지요. 우리 안의 영원성을 깨달을 때 시간과 공간을 초월하고 개인, 국가, 종교의 문제를 초월할 수 있습니다. 그때 모두가 다 하나인 것을 알기 때문에 진정으로 홍익弘益하는 마음이 생기는 것이지요.

내 안의 영원성을 믿고 이 세상에 내 본래의 모습을 찾기 위해 수행인으로서 왔다는 자각을 하느냐, 못 하느냐에 따라서 삶의 깊이가 달라집니다. 우리는 숱한 만남과 헤어짐을 통해서, 외로움과 슬픔과 분노와 기쁨을 경험하면서 자기 자신을 자꾸 바라보는 연습을 해야 합니다. 자기 안의 영원성을 깨우친 사람은 여러 가지 고난과 고통, 수많은 사람과의 만남과 헤어짐이 결국은 내가 궁극적으로 어떤 존재인가를 깨닫게 하기 위해 하늘이 예비한 것임을 알기 때문에 아무리 작은 만남이라도 소홀히 할 까닭이 없고 아무리 큰 고통이라도 헤어나지 못할 이유가 없습니다.

그러나 사람들은 만남 속에서 자기한테 떨어질 '이익'을 계산하느라고, 탐색하고 으르렁거리느라고 만남의 참의미를 잊은 채, 이해관계 속에서 분노하고 슬퍼하고 욕하다가 끝나버리는 것입니다.

자신이 우주의 신성과 연결된 영원한 존재임을 자각한 사람은 더 이상 사랑을 구걸하기 위해 여기저기 돌아다니지 않으며, 어떤 길이 바른 길인지 알 수 있는 눈이 저절로 열리게 됩니다. 행복과 평화를 찾아 온갖 길을 다 쫓아다니고 여기저기를 기웃거려보지만,

아무리 애를 써도 손에 잡힐 리 없습니다. 바로 우리 안에 있기 때문이지요. 그러한 자각에 이르면 남에게서 주워들은 지식으로 살지 않으며, 남이 떠드는 진리에 자신을 맞추어 살아가지도 않습니다. 오직 내 모습대로 활짝 피어나, 도금을 하지 않은 '순금'의 찬란함으로 빛나는 것이지요. 우주의 신성과 하나되는 것이 곧 평화 속에 있는 것입니다. 내가 이 큰 우주와 하나로 이어져 있다는 것을 조금도 의심하지 않는 어린아이와 같은 단순함이야말로 평화와 행복으로 가는 지름길이지요.

삶 속에서 어떤 일이 일어나든 원인은 우리의 내부에 있습니다. 보이는 세계, 물질 세계의 모든 일은 보이지 않는 세계, 영적인 세계, 마음의 세계에 뿌리를 두고 있습니다. 보이지 않는 마음의 세계에서 어떤 삶을 살아가고 있느냐에 따라 보이는 물질 세계의 삶이 결정됩니다. 그러므로 후자의 세계를 바꾸려면 먼저 전자의 세계를 바꾸어야 합니다.

　모든 병과 고통의 진짜 원인은 혼란스러운 정신과 감정 상태에 있습니다. 삶에서 일어나는 어떤 악조건이나 힘든 일들도 우리의 삶이 그것을 초대하기 전에는 절대로 일어나지 않는 법이지요.

　이 세상에는 눈에 보이지 않는 다양한 차원의 형태로 존재하는 영靈들이 수없이 많으며, 우주는 당연히 그들이 보내는 온갖 파장으로 가득 차 있습니다. 같은 것끼리 끌어당기는 끼리끼리 법칙이 쉼없이 작용하고 있다면 우리는 지금 이 순간에도 자신의 생각이나 삶의 형태에 가장 많이 닮은 파장을 우리 주위로 끌어당기고 있는 셈이지요.

마음의 세계와 물질의 세계를 연결하는 법칙은 놀랄 정도로 정확하고 빈틈이 없습니다. 근심에 젖어 있는 사람한테는 늘 근심스러운 일만 생깁니다. 용기 없고 기죽어 지내는 사람은 무슨 일을 해도 실패하기 쉬우며 다른 사람한테 의지하여 힘겹게 살아갑니다. 반면에 희망차고, 자신감 넘치고, 용기 있으며, 목적이 분명해 흔들리지 않는 마음은 성공을 부릅니다.

우리가 하는 생각 하나하나가 우리 자신과 다른 사람의 삶에 직접적인 영향을 줍니다. 몸과 마음의 건강, 일의 잘 되고 못 됨, 주위 사람과의 관계, 이 모든 것이 전부 우리의 생각 하나하나에 달려 있지요.

마음이 어떤 상태인가에 따라 우리의 정신은 그 상태에 어울리는, 눈에 안 보이는 물질을 끌어당깁니다. 얼마만큼 강한 기대를 갖고 계속해서 확신을 불어 넣느냐에 따라 그 확신에 의해 정신적인 것이 물질적인 것으로, 눈에 안 보이는 세계가 보이는 세계로 바뀌어 나타나는 것이지요.

우리가 감각을 통해 물체를 파악하고 이해하듯이 영감은 우리의 영이 사물의 본질을 꿰뚫어보고 이해하는 힘입니다. 말하자면 영감은 우리 속 안의 영이 가진 감각, 판단력입니다. 인간은 영감을 통해 자신과 이 세상 모든 생명의 비밀을 알게 되며, 우주의 영원한 힘에 자신을 내맡겨 자신 속에 있는 그 생명력을 마음껏 꽃피울 수 있습니다. 육체의 감각이 바깥을 향해 열려 있다면 영의 감각은 내면 세계를 향해 열려 있는 문이지요. 이 영감은 주위의 온갖 정보나 지식에 의존하지 않고 곧바로 사물의 본질을 꿰뚫는 능력을 갖고 있기 때문에 우리는 그것을 직관이라 부르기도 합니다.

우리는 하루에 수많은 꽃을 피우며 삽니다. 웃음의 꽃을 피우기도 하고 분노의 꽃을 피우기도 하고 절망의 꽃을 피우기도 하지요. 그동안 나는 주로 어떤 꽃을 피워왔는가? 희망과 웃음과 긍정의 꽃을 피웠나, 절망과 분노와 부정의 꽃을 피웠나 스스로에게 물을 일입니다.

우리가 피운 그 꽃은 저마다의 향기를 내뿜다 사라지는 것이 아니라 살아 있는 영이 됩니다. 우리가 하는 생각 하나하나, 내뱉는 말 한 마디 한 마디는 영원히 우주의 기억으로 남습니다. 생각이 모이면 그것이 염체念體가 되고 그 염체는 보이지 않는 세계에서 우리를 사로잡아, 보이는 세계의 현상을 만들어 내는 것이지요. 분노와 절망의 꽃은 우주를 떠도는 동일한 에너지를 함께 불러 우리를 지배하고, 기쁨과 희망의 꽃은 그러한 에너지를 가진 사람들을 통해 기쁨과 희망을 복제하고 있습니다.

이 엄정한 우주의 법칙에 소스라치게 놀라본 사람, 그리고 우리 안의 영, 그 속사람과 내밀한 대화를 나눠본 사람은 압니다. 이왕이면 아침마다 찾아와 우리를 깨우는 저 바람처럼 살다 가야 한다는 사실을, 나를 깨우고 더불어 다른 사람을 깨우는 세상의 향기로 살다 가야 한다는 사실을 말이지요.

네 주위의 모든 것들을 통해서
나는 너와 이야기를 해
이 모든 길들이 다 내게로 열려 있어
나를 통해 우주가 네게 말을 하는 거야
나는 너의 내부에 있는 너의 길잡이야
나를 만날 수 있는 사람은 순진한 어린아이,
그러니 잘난 체하지 마

나는 너야

추석을 이틀인가 앞두고부터 집 앞 놀이터에 심상치 않은 바람이 불었습니다. 미동도 하지 않던 두 그루 플라타너스가 그 큰 잎들을 서걱서걱 흔들어 대며 드디어 가을을 타기 시작한 것입니다. 그늘이 적어 여름 한철 한산하던 작은 놀이터도 활기를 띠기 시작했습니다. 해거름이면 아이들 떠드는 소리로 제법 들썩거립니다. 한 바퀴 걸어 도는 데 십 분도 안 걸리는 작은 놀이터지만 그래도 우리 동네에서 가장 아름다운 곳입니다.

해뜰 무렵이면 하루도 거르지 않고 아이들이 버린 쓰레기를 줍는 노인정의 할아버지를 만날 수 있고, 늦은 밤이면 커다란 몸집으로 삐걱삐걱 그네를 타는 슈퍼집 아주머니를 볼 수 있습니다.

주책 맞게 밝아서 달빛을 가리는 가로등도 없으니, 한가위의 만월滿月을 올려다보기에는 더없이 좋은 장소이기도 하지요.

놀이터의 어둠 속에 앉아 있으면 플라타너스, 포플라, 전나무, 사철나무들이 수런거리는 소리가 들려오고 팔각정 위에 내려앉은 달빛에 취해 덩실 춤이라도 추고 싶어집니다. 가끔 놀이터의 이 모래, 흙과 나무들, 그네가 없다면 우리 동네가 얼마나 초라할까 생각해보곤 합니다.

여기 한가위 만월 아래 들은 누군가의 목소리를 옮깁니다.

밤늦도록 수런거리던 나무들 외에는 아무도 없었는데 누구의 목소리였을까, 다들 금방 눈치채실 테지요. 살면서 이 목소리를 갈망해보지 않은 이는 드물 거라 믿습니다.

나는 너야

나는 슬픔도 고통도 외로움도 아니야
너는 오래 전에 나를 잊어버렸지만 나는 너를 알지
네가 했던 모든 말들, 너의 모든 행동들, 네 가슴 속에
일어났던 모든 감정들까지도 나는 다 알고 있어
나는 너의 기쁨과 슬픔, 외로움과 고통까지도
그냥 지켜보고 있는 바로 너야
나는 어떠한 상황이 와도 변하지 않아

네가 이 세상에 태어난 순간부터

지금까지 계속 네 곁에 있었지

앞으로도 계속 너와 함께 있을 거야

네가 잠을 잘 때나 일을 할 때나

혼자 있을 때나 여럿이 있을 때나

나는 변함없는 너의 진아眞我야

네가 느낀 여러 감정들은 잠깐 왔다 가는 거야

나만이 변하지 않는 완전한 너야

네가 나를 만질 수는 없지만,

네가 나를 볼 수는 없지만 느낄 수는 있어

나는 네가 찾고 있는 영원한 짝이야

나는 너야

네가 나를 믿어준다면 나는 어디든지 갈 수 있고

무엇이든지 할 수 있어

나는 이 세상에서 제일 고귀한 바로 너야

나는 부끄러움이 없어

두려움도 없지

그렇다고 애써 나를 자랑하지도 않아

나는 많은 사람들에게 숨어 있는 영원한 생명이야
나는 네가 얼마나 나를 간절히 찾았는지 알아
마음을 열고 나를 느껴봐
나는 어디에나 있어
어젯밤 네가 흥얼거렸던 노래와
네가 만나는 친구의 우연한 중얼거림 속에,
혹은 발길에 채이는 돌멩이와
늙은 플라타너스의 뒤척임 속에
나는 있어

네 주위의 모든 것들을 통해서
나는 너와 이야기를 해
이 모든 길들이 다 내게로 열려 있어
나를 통해 우주가 너에게 말을 하는 거야
나는 너의 내부에 있는 너의 길잡이야
나를 만날 수 있는 사람은 순진한 어린아이,
그러니 잘난 체하지 마
그럴 듯한 말과 지식으로
너를 위장하지 마

네가 어떤 일을 하건

어디에 있건

밤이건 낮이건

걸어가는 중이건 잠자는 중이건

나는 너와 함께 있어

네가 부르면 언제든지 그 초대에 응하는

이봐, 나는 너야

너의 진아眞我야

조바심 내며 내달리는 것도 경계해야 하지만
게을러지는 것은 더욱 경계해야 합니다.
고요와 무감각을 혼동해서는 안 됩니다.
마음이 편안한 상태에서도 세상에 대한 자비가 흘러 넘쳐
쉴새없이 움직이는 이가 우리 시대의 참 구도인이지요.

편안함에 대한 착각

누가 우리 동네에서 가장 아름다운 두 곳을 꼽으라면 나는 집 앞의 작은 놀이터와 사거리의 초등학교를 꼽겠습니다. 언제 가도 문이 열려 있고 누구든지 찾아와 몸을 부려놓고 마음을 기댈 수 있는 곳이기 때문입니다.

지난 일요일에는 가을볕의 유혹을 못 이겨 자전거를 끌고 초등학교에 갔습니다. 벌써 한 무리의 사람들이 유니폼까지 차려입고 와서 야구를 하고 있었습니다. 한켠에는 중학생 또래인 여학생 두 명과 남학생 한 명이 대중가요 가락에 맞춰 신나게 춤을 추고 있고요. 모르긴 해도 가을 소풍이나 운동회 때 무대를 주름잡아볼 생각인 듯합니다.

자전거를 타고 학교를 한 바퀴 돌다가 문득 교실 외벽을 타고 올라가는 담쟁이덩굴과 눈이 마주쳤습니다. 거기에 너무나 아름다운

한 세상이 펼쳐져 있었습니다. 이제 막 태어나는 것들과 삶을 마감하는 것들, 초록의 여리디 여린 잎들과 열정을 못 이겨 붉게 타버린 잎들, 벽돌을 움켜쥔 채 생의 의지로 팽팽하게 긴장한 줄기들과 그 줄기로부터 미련 없이 몸을 떼어 허공으로 투신하는 고엽枯葉들. 한 생명 안에 엮인 순환의 고리가 너무 숙연하게 느껴집니다.

문득 한 개인의 삶이 그러하고, 우리 사회의 모듬살이가 그러하다는 생각이 듭니다. 이제는 내가 버려야 할 것들과 새롭게 받아들여야 할 것들, 우리의 모듬살이에서 사라지는 것들과 새롭게 떠오르는 것들, 이미 가버린 것들과 새로 올 것들 사이에서 나는 무엇을 배울까? 생사生死의 절정의 순간을 한 몸에 품은 담쟁이덩굴을 보며 너무 긴장하지도, 그렇다고 너무 이완하지도 말아야겠다는 생각을 합니다. 그래야 잘 배울 수 있으니까요.

살면서 '나는 이 세상에 무엇을 위해서 왔는가, 내 삶의 목적은 무엇인가?' 이 물음에만 확실히 대답할 수 있다면 그는 정말 복 있는 사람입니다. 자기가 살아야 할 확실한 이유도 모르는 채 하루하루 그저 살기에 바쁜 사람이 얼마나 많은가요. 많은 사람들이 목적을 잃어버린 삶을 살아가고 있습니다. '나는 내 모든 것을 던져도 아깝지 않을 삶의 가치를 가지고 있다'고 자신있게 말할 수 있는 사람은 이 세상에서 가장 큰 보물을 찾은 사람입니다. 그는 정말로 행복한 사람이지요.

'건강'은 이제 우리 사회의 대중적인 화두가 되었습니다. 일간 신문마다 일 주일에 한 번씩은 건강 관련 특집 기사를 내고 텔레비전 아홉 시 뉴스에는 아예 건강 관련 고정 코너가 마련되었을 정도이니 말입니다. 두말할 것도 없이 건강은 정말 중요한 가치입니다. 몸이 편안하지 않으면 다른 사람은커녕 자기 자신도 돌볼 수 없기 때문이지요. 그런데 그런 정보들을 접하다 보면 '건강을 찾는 건 좋은데 그 건강으로 다들 무얼하고 사나?' 하는 생각이 들 때가 있습니다. 많은 사람들이 건강한 육체와 정신을 자기 자신을 살리고 남을 돕는 쪽으로 쓰는 것이 아니라 몸의 감각과 비위를 맞추는 데만 쓰는 것 같으니 말입니다.

삶에서 무언가 근원적인 것을 추구하는 사람들이 범하기 쉬운 오류 중의 하나는 그저 편안해지려고만 한다는 것입니다. 그러나 편안한 것만 추구하는 사람은 진정한 구도인이 아닙니다. "나는 눈만 감으면 천국이다"라고 말하면서 자기 공부가 다 된 것으로 착각하는 사람이 참 많습니다. 그러나 그것이 삶의 본질에 대한 완전한 각성이든, 혹은 일상에서의 작은 깨달음이든지 간에 실천을 통해 삶에 스며들지 않으면 무슨 소용이 있을까 의아해집니다.

마음이 잔잔하되 아무런 움직임도 없이 그저 고요함에 그친다면 그것은 죽은 것입니다. 진공眞空은 기가 충만해 미세한 파동으로 출렁이는 공空입니다. 조바심 내며 내달리는 것도 경계해야 하지만 게을러지는 것은 더욱 경계해야 합니다. 고요와 무감각을 혼동해서는 안 됩니다. 마음이 편안한 상태에서도 세상에 대한 자비가 흘러넘쳐 쉴새없이 움직이는 이가 우리 시대의 참 구도인이지요.

가만히 앉아서 너와 내가 하나이고 나와 우주가 하나인 것을 알았다고 하는 사람도 구체적인 현실 속에서 일을 하다 보면 금방 바닥이 드러나 버립니다. 그러나 조금은 힘들지만 생활 속에서 쌓아올린 의식의 성장은 확실히 우리의 것이 됩니다. 깨달음 자체는 중요한 것이 아니지요. 깨달은 자의 가슴이 아무리 기쁘고 충만하다 해도 한 사람의 가슴속에 묻혀버린 깨달음이 무슨 의미가 있겠습니까? 깨달음은 전달될 때 의미가 있는 것이지요. 물이 흐르지 않으면 썩듯이, 사랑도 흐르지 않으면 썩게 됩니다. 사랑은 정말 흘러야 합니다. 그래야 사랑을 전하는 사람은 다른 사람들의 가슴에도 그 사랑이 있다는 사실을, 사랑을 받는 사람은 자기 가슴에도 똑같은 사랑이 흐르고 있다는 사실을 알게 될 테니까요.

세상의 모든 기쁨 중에서 가장 큰 것은 '교류'의 기쁨이지요. 다른 사람과의 교류를 통해서만 진정한 평상심平常心과 사랑이 우리에게 찾아오는 것입니다. 혼자 앉아서 명상하는 것은 마음을 다스리고 안정시키는 차원에 불과하지요.

지난 일요일의 담쟁이덩굴에 관한 명상도 생활 속에서 행동으로 옮겨지지 않는다면 한낱 가을 오후의 감상으로 남을 뿐 무슨 힘이 있겠습니까? 고요히 앉아 명상에 든 사람의 모습을 보면 이렇게 물어보고 싶을 때가 있습니다.

눈을 뜨고 일어나면 당신은 어디에서 무엇을 할 생각이십니까?

때가 되면 아무런 미련 없이
그동안 누리던 온갖 풍요와 거느리던 숱한 생명들을
홀홀 털어버리는 자연의 저 무정함,
그것이 진짜 하느님의 모습입니다. 그것이 진짜 큰 사랑입니다.

겨울이 뼛속까지 들어차는 시간입니다. 자연은 언제나 우리 인간을 가르치는 스승 역할을 해왔지만 이렇게 바람이 차고 손끝이 시린 계절은 더욱더 자기의 안쪽을 들여다보게 하는 힘을 가졌습니다. 찬 바람 가운데 서 있으면 이상하게 생生에 대한 의지가 솟구칩니다. 겨울은 광야를 달리던 바람을 불러와 사그라든 우리 가슴에 불길을 당기도록 풀무질을 합니다. 얼어붙은 땅, 민둥머리 산, 서리가 앉은 들판, 벗은 몸을 드러낸 나무들……. 자연은 저렇게 비어 있는 모습으로 서서 우리에게 충만함을 배우라 합니다. 저렇게 차갑고 냉정한 모습으로 서서 우리에게 불 같은 열정과 따스함을 배우라 합니다.

시간은 무정無情합니다. 비정非情이 아니라 무정이지요. 하늘도 마찬가지입니다. 하늘이 잔 정에 매이면 이 많은 생명들을 제대로 다스릴 수가 없겠지요. 그래서 '법칙의 하느님'이라는 말이 있나 봅니다. 아무리 우리가 매달리고 기도해도 노력도 하지 않는 사람을 엄혹한 경쟁에서 이기게 해줄 리 없고, 자신의 내재적 가치에 눈뜨지도 않은 사람에게 삶의 비밀을 가르쳐줄 리도 없습니다.

그런데 많은 사람들이 그런 하느님을 그리워하지요. 그러나 그것은 집착을 버리지 못하는 우리 인간이 짝사랑하는 하느님의 모습일 뿐입니다. 때가 되면 아무런 미련 없이 그동안 누리던 온갖 풍요와 거느리던 숱한 생명들을 홀홀 털어버리는 자연의 저 무정함, 그것이 진짜 하느님의 모습입니다. 그것이 진짜 큰 사랑입니다.

겨울이 되면 우리는 가을과는 또 다른 외로움을 느낍니다. 가을의 외로움이 감상적인 것이라면 겨울의 외로움에는 의연함 같은 것이 있습니다. 정도의 차이야 있겠지만 모든 사람들이 외로움을 느끼며 살아갑니다. 결혼도 외로우니까 하는 것이지요. 왜 인간이 살아가는 사회에는 제도가 있고 법이 있고 문화라는 것이 있는가? 왜 인간은 사회적 동물이라고 하는가? 모두가 이 외로움과 연관이 됩니다. 외로우니까 제도를 만들고 법을 만들고 끼리끼리 모이는 것입니다.

왜 이혼을 하는가? 외로움을 달래려고 결혼을 했지만 그 외로움이 달래지지 않기 때문이지요. 그래서 다른 짝을 만나기 위해 이리저리 헤매는 것입니다. 외로움을 달래줄 짝을 찾기 위해 이 여자 저 여자, 이 남자 저 남자 바꿔보지만 그렇게 짝을 바꿔서 잘 된 경우는 거의 찾아보기 어렵습니다. 근본적으로 내가 달라지지 않으면 안 되기 때문이지요. 외로움이란 외부의 무엇인가로 인해 채워지지 않기 때문이지요.

돈을 벌기 위해 눈에 불을 켜고 달려드는 것도 외로움 때문입니다. 돈이 많으면 사람들이 우러러보고 주변에 많은 사람들이 모여들게 마련이지요. 사실은 돈을 좀 나눠주지 않을까 하는 기대에서 모여드는 것이지만. 또한, 돈이 많으면 이것저것 자기 주변을 채울 수 있는 능력이 커집니다. 호화로운 집에 살고 고급 승용차를 몰고 다니면 마음 한구석의 텅 빈 허전함이 채워질 것만 같습니다. 돈이 있으면 맘에 드는 사람의 관심을 사기 위해 갖가지 선물을 해줄 수도 있고 그것이 진정한 것이든 아니든 사랑을 획득할 가능성이 높아집니다.

그러나 욕심은 끝이 없지요. 식구들이 몸을 누일 몇 평의 공간만 있으면 족할 것 같지만 막상 내 집 장만을 하여 살다 보면 마음이 달라집니다. 열세 평에서 열여덟 평으로, 서른 평으로, 마흔 평으로 자꾸 욕심이 커집니다. 그렇게 조금만 더, 조금만 더, 하다가 생애를 다 보내고 말지요.

이 모든 것이 다 외로움 때문입니다. 외로움 때문에 돈도 벌어야 하고 사람을 찾아 이리저리 헤매고 이것 저것 취미를 바꾸기도 합니다. 담배를 피우는 것도 외로움 때문이고 고주망태가 되도록 술을 마시는 것도 외로움 때문입니다. 자기를 학대하는 것이나 남을 학대하지 않으면 견딜 수 없어 하는 증세도 모두 외로움 때문입니다. 범죄를 저지르는 것도 이 외로움 탓입니다.

외로움 때문에 생겨난 이런저런 욕망이 절반 정도만 채워지면 그럭저럭 삶을 꾸려가는데 그 이하가 되면 만족을 모르게 되고 이것이 병으로 나타납니다. 병원에서는 원인을 못 찾겠다고 하는데 늘 머리가 아프다, 소화가 안 된다는 말을 달고 살게 되는 거지요.

결국 모두 외로움 때문이지요. 사랑 결핍증 때문입니다. 그러나 아무리 돈이 많아도 질병에서 자유로운 사람 찾기 어렵고, 파트너를 아무리 바꿔도 외로움이 채워졌다는 사람 만나기가 어렵습니다.

외부의 그 무엇을 가져다가 내 안의 외로움을 채우겠다는 생각으로는 근본적인 치유책을 찾을 길이 없습니다. 외로움을 벗어나기 위해서는 우리의 심장을 뛰게 하는 그 섭리를 행사하는 최고 결정권자를 만나야 합니다. 우리의 몸을 이 세상에 태어나게 해주고, 지금 이 순간 우리의 심장을 뛰게 하는 위대한 섭리와의 만남을 가져야 합니다.

그 만남은 지식을 통해서는 이루어지지 않습니다. 감각이 회복되어야만 합니다. 내 안에 이미 내려와 있는 우주적 생명의 근원체를 만나야 합니다. 그것이 바로 얼이지요. 얼이라고 하는 그것이 우리를 탄생시켰고 우리의 심장을 뛰게 하고 있습니다.

외로움이란 벗어나려 한다고 해서 벗어나지는 것이 아닙니다. 그것은 마치 굶주림을 미워한다고 해서 굶주림에서 벗어날 수 없는 것과 마찬가지지요. 음식으로 위장을 채워야 굶주림에서 벗어날 수 있습니다. 사랑에 목마른 자에게는 연인이 되어줄 남자나 여자가 필요한 것이지 사랑에 관한 이론이 필요한 것이 아니지요. 내 안의 외로움 역시 마찬가지입니다. 외로움을 미워하는 태도가 외로움에서 벗어나게 해주는 것은 아닙니다. 우리를 있게 한 그 얼을 만나고 맛보고 그 안에서 살아야만 더 이상 외롭다고 하소연하지 않게 되지요.

내 심장을 뛰게 하는 그 힘이 내 이웃의 심장도 뛰게 하고 있습니다. 심장을 뛰게 하는 그 힘은 언제나 우리와 함께 하고 있는 것이지요.

그런데도 왜 우리는 외롭다고 몸부림치게 되는 것일까요? 외로움은 '이 우주에서 나 혼자'라는 감정입니다. 그러나 내가 정말 혼자라면 심장이 이렇듯 뛰고 있을 리가 있을까요?

다른 사람들에게 인정받고 싶은 욕구,
누군가의 위에 군림해 지배하려는 욕구,
또 확고하던 자신의 위치가 흔들리지 않을까 하는
불안함 등이 합심을 방해할 때가 많습니다.
힘을 모으려면 중심이 있어야 하고 목표가 분명해야 합니다.

몸 속에서 쉬는 방법

한 해가 가고 또 한 해가 왔습니다. 자연이야 마디를 의식하지 않고 절로 순환하는 법, 사람이 흐르는 시간을 잘라 군데군데 매듭을 지어 놓고도 그 매듭 늘어가는 게 이렇게 아쉽고 서운합니다. 작년 한 해 우리의 모듬살이는 몹시나 모질고 힘들었는데 해는 변함없이 솟아 새로운 날이 밝았습니다. 깊은 숨을 쉴 때마다 청량한 공기가 차오르는 아침입니다. 가족끼리, 이웃끼리 새해 덕담은 나누셨는지요.

오늘 아침 새벽 길을 걸으면서 새해 첫달이 가기 전에 함께 일하는 사람들과 꼭 일출을 보러 가야겠다고 마음먹었습니다. 작년에는 강화도 마니산에 올랐는데 그날 따라 바람이 세차게 불고 가랑비가 산을 적셨지요. 영산靈山에 떠오르는 붉은 해는 놓쳤지만 바람을 맞받은 채 서서 신년의 꿈을 새기던 기억이 새롭습니다. 올해는 눈 쌓인 태백산을 올라야겠다고 혼자 즐거워하다가 아침을 맞았습니다. 가서 백색의 고요한 새벽이 하늘을 밀어 올리는 광경을 보고 오렵니다. 그 아름다운 우주의 떨림에 동참하며 가만히 옆사람의 손을 잡아보는 것도 좋겠지요. 해가 떠오르는 동안은 나를 향해 앉아 있는 시간, 묵은 어둠 사르고 그 해 횃불처럼 일어서면 뜻한 번 크게 다지고 다시 '삶'이 기다리고 있는 땅으로 내려올 참입니다.

올 한 해 가장 많이 나누어야 할 덕담은 '합심대도合心大道'가 아닐까 생각합니다. 세상을 살다보면 마음을 모으는 것보다 더 큰 도가 없다는 것을 실감할 때가 참 많습니다. 그러나 마음 모으는 것이 그렇게 쉬운 일은 아니지요. 진정한 합심은 자기를 놓을 때만 이룰 수 있는 세계이기 때문입니다. 큰 뜻을 위해서라면, 전체를 위한 일이라면 나는 무엇이 되어도 좋다는 마음 없이는 도달할 수 없는 세계입니다.

　다른 사람들에게 인정받고 싶은 욕구, 누군가의 위에 군림해 지배하려는 욕구, 또 확고하던 자신의 위치가 흔들리지는 않을까 하는 불안함 등이 합심을 방해할 때가 많습니다. 힘을 모으려면 중심이 있어야 하고 목표가 분명해야 합니다. 그것이 확실하지 않으면 각자 자기 생각을 중심으로, 자기 집단을 중심으로, 자기 이익을 중심으로 뭉쳐서 또 다른 분열 때문에 상처를 입게 되지요.

연일 비가 내리는데 비를 피할 장소가 없어서 걱정하는 사람들을 상상해보기로 하지요. 그럴 때 손이나 옷가지로 비를 가릴 것이 아니라 아예 지붕을 얹으면 여러 사람이 그 안에서 쉴 수 있겠지요. 전체를 생각할 줄 아는 사람은 비를 맞아가면서도 지붕 얹는 일을 도모할 것입니다. 그러나 자기 옷 젖는 것이 두려워 머뭇거리는 사람이 많은 조직이나 사회는 여러 사람이 계속 비를 맞으며 고생하게 됩니다.

그럴 때 마음을 크게 가져야 합니다. 대의가 뚜렷하면 작은 생각은 절로 힘을 잃게 되지요. 지붕을 얹는 동안에야 비를 더 많이 맞겠지만 조금만 고생하면 모두가 편안하게 쉴 수 있는 안식처가 생기는 것입니다. 뿌리가 죽으면 열매도 다 죽습니다. 우리는 지금 나라의 위기가 한 개인의 삶에 얼마나 깊은 영향을 미치는가를 뼈저리게 체험하고 있습니다. 뿌리의 소중함을 아는 사람만이 진정으로 합심대도를 이룰 수 있지요.

흔히 위기가 곧 기회라는 말을 많이 하는데 요즘처럼 그 말이 실감나는 때도 없습니다. 문제가 있기 때문에 우리는 발전합니다. 그러니 문제가 있는 것을 두려워하지 말아야지요. 의식의 진화는 아주 불행하고 외롭고 힘든 상황을 극복했을 때 자신도 모르게 찾아

옵니다. 지금 감당하기 어려운 일에 부딪혀 있는 사람은 그 어려움이 나에게 온 축복이자 숙제라고 생각하면 마음이 한결 편안해질 것입니다. 그런 어려움 속에서 지혜를 얻지 못하고 불평불만만 하다 가면 이 세상에 와서 괜한 헛고생만 하는 셈이 됩니다.

사람을 제일 무력하게 만드는 것은 공포와 두려움과 절망입니다. 그러니 아무리 어렵더라도 두려움이나 절망감에 자신을 던지지 마십시오. 그것은 바로 죽음 속에 자기 자신을 던지는 것이나 다름없으니까요. 어려울 때 필요한 것은 용기와 뜨거운 가슴입니다.

남북이 분단된 우리나라가 이렇게 경제적인 문제로 고통받는 것은 또 다른 눈으로 볼 때는 이 민족을 영적으로 진화시키기 위해 하늘이 예비한 숙제입니다. 시련의 진정한 의미는 영적 진화에 있는 것이지요.

수행을 생활화하는 사람들에게는 든든한 밑천이 하나 있는데, 그것은 우리 몸 안에 편안하게 쉴 수 있는 집을 가지고 있다는 사실입니다. 모든 근심을 놓고 몸 안에 들어가 있는 그 시간이 우리 정신이 쉬는 때이며 성장하는 시간입니다. 참으로 쉴 곳이 그곳밖에 없습니다. 우주는 존재하는 모든 것들 사이의 '관계'이지만 '나'의 밖에는 진정한 위로도, 진정한 힘도, 진정한 휴식도 존재하지 않습니다. 몸 속에서 쉬는 방법을 아는 사람은 어떤 어려움이 있어도 함께 해주는 벗을 얻은 것과도 같지요. 몸 속에서 깊이 쉬면서 우리는 그냥 개인으로 머물다 가는 존재가 아니라 큰 생명에 속해 있는 사람들임을 깨닫게 됩니다.

일이 잘 될 때 웃는 것은 누구나 할 수 있지요. 그러나 일이 잘 풀리지 않을 때, 울고 싶을 때 웃을 수 있는 사람이 진짜 강한 사람입니다. 합심대도의 넓은 도량과 몸 속에서 깊이 쉴 수 있고, 노래하며 거친 길을 헤쳐가는 여유를 가진 사람에게는 새로운 날이 두려움일 리 없습니다. 그것은 늘 새로운 창조의 기회입니다.

우리는 아이들에게 가르쳐야 합니다.
지금의 나는 갑자기 하늘에서 뚝 떨어진 존재가 아니라,
이 민족의 뿌리에서부터 시작된 수천 년의 역사가
내 피, 내 정신 속에 녹아 있다는 사실을 말입니다.
그리하여 이 순간의 내 삶이 수천 년의 과거와 연결되고,
또한 수천 년의 미래와 연결된다는 사실을 말입니다.

오늘, 우리는 천 년을 산다

오늘 아침 우리 동네 웃말 공원에 갔더니, 키 작은 산죽山竹은 사르르거리며 푸른 몸을 흔들어 대고 굽은 곳 하나 없이 하늘로 뻗은 목련 가지는 새싹을 틔울 준비를 하고 있었습니다.

답답하고 울적한 시간이 계속될 때는 깜깜한 저녁이든 바람 부는 일요일 오전이든, 동네 공원이나 가까운 산이라도 올라 보면 마음이 한결 가벼워집니다.

생명이 빛나는 계절은 봄뿐이라는 생각도, 무성하게 잎을 달고 있는 것만이 나무라는 생각도 사라지고, 겨울 속의 충만한 생명이 눈에 들어오며 헐벗은 나무와 키를 낮춘 풀들, 마른 땅의 아름다움에 감탄하게 됩니다.

웃말 공원의 소나무 아래 앉아서 가만히 우리 동네를 내려다봅니다. 예전에는 저 마을의 삭막함과 어수선함이 진저리 나도록 싫었습니다. 그래서 수없이 얽힌 관계의 그물망을 거두고 혼자 앉아서 명상에 잠기는 시간을 많이 가져야 행복과 자유를 얻는다고 생각했습니다. 복잡한 세상사에서 될수록 멀리 떨어져 아무 훼방도 받지 않고 내가 좋아하는 일을 할 수 있으면 그것이 행복이고 자유라고 생각했던 거지요.

그런데 철이 들수록 나 혼자만이 가슴속에 품고 있는 진리는 너무나 약하다는 것을 알게 됩니다. 나 혼자만이 지키려고 애쓰는 정의는 너무나 힘이 없다는 사실을 절감하게 됩니다. 아무리 개인이 바르게 살려고 해도 더불어 살고 있는 사람들과 사회가 뒷받침해주지 않으면 그 개인의 노력은 무력한 것이 되고 말지요. 개인의 의식은 항상 집단의식과 환경의 영향을 받고 있기 때문입니다.

그래서 진정한 행복과 삶의 자유를 갈망하는 사람일수록 공동체의 집단의식을 성장시키는 일에 관심을 가져야 합니다. 전체의 깨달음을 통하지 않고서는 개인의 깨달음도 완전하지 않다는 사실에 눈떠야 하는 거지요.

거울을 바라보다가 가끔 놀랄 때가 있습니다. 세월의 흔적이 늘어가는 내 모습에서 어머니의 얼굴, 아버지의 얼굴을 발견하게 될 때이지요. 결코 닮지 않겠다고, '나는 그 분들처럼 살지 않을 거야' 하고 생각했던 모난 점들까지 닮아 있을 때는 특히 그렇습니다.

한 개인과 그가 속한 집단의 관계도 마찬가지가 아닐까 생각합니다. 우리 민족은 역사 속에서 수많은 공포와 좌절, 불안과 수치 등을 겪었습니다. 세월이 많이 흘러서 지금의 나와는 전혀 관계가 없을 것 같은 그런 역사적 경험들이 내 삶 속에 앙금처럼 가라앉아 있다는 것을 발견하고 소스라치게 놀랄 때가 많습니다.

　외국의 많은 언론에서 한국인의 성질이 급하고 이중적이며 남을 잘 속이고 솔직하지 못하다는 비판을 많이 합니다. 그러나 그것은 한국인의 근본적인 속성이라기보다는 역사 속에서 경험한 온갖 험한 일들로 인한 불안에서 오는 것입니다. 숱한 난리와 우환을 겪으면서 오로지 살아남기 위해 앞만 보고 달려오느라고 자신을 돌아볼 여유도, 주위를 살펴볼 여유도 없었던 거지요.

　불과 육십 년 전만 해도 우리는 동족끼리 서로 피를 흘리며 싸웠습니다. 조금 더 거슬러 올라가서는 일본의 식민지가 되어 수많은 젊은이가 목숨을 잃었고 꽃 같은 여성들이 정신대로 끌려가 고통을 받았습니다. 지금도 그 고통이 아물지 않았으며, 많은 사람들의 가슴속에 상처가 되어 남아 있습니다.

　외국인들 가운데는 개방적이고 자신감에 찬 사람이 많습니다. 그런데 한국 사람들은 상대적으로 폐쇄적이고 많이 위축되어 있습니다. 미국이나 일본에서는 엘리베이터를 타면 한쪽으로 가서 서는 게 생활화되어 있습니다. 다른 사람들을 배려한 태도이지요. 우리나라에는 한가운데 서서 가슴을 떡 벌리고 온 세상이 자기 것인 양 하는 사람이 많은데, 이는 자기 기氣가 세다는 것을 과시하려는 잠재의식의 반영입니다. 겉모습과는 달리 민족사, 가족사, 개인사를 통해 내려온 수치심과 열등감이 과장된 자만심으로, 우월감으로 나타나는 가슴 아픈 모습이지요.

개인적으로는 수치심이나 열등감 같은 것이 없다고 생각하는 사람도 있을 겁니다. 그러나 내부의식을 깊숙이 들여다보면 누구나 개인적, 집단적 경험에서 유래한 상처가 있습니다. 그것은 정신적인 것이며 어느 누구도 피할 수 없는 것이지요. 그것은 잠재의식의 세계에 가라앉아 있다가 자기도 모르는 사이에 의식의 표면으로 떠올라 말로, 행동으로, 표정으로 나타납니다. 우리의 집단의식 속에는 죄의식, 냉담, 슬픔, 공포, 욕망, 분노, 자존심, 이런 것들이 다 들어 있습니다.

역사를 인간의 집단적 경험에 대한 기억이라고 한다면, 우리의 집단적 경험에 대한 기억이 잊혀지거나 무시될 때 우리 삶은 기초가 부실해 흔들리는 집과 같이 됩니다. 마치 집단적 기억상실증에 걸린 사람들처럼 스스로가 누군지, 또는 어떻게 하여 존재하게 되었는지를 전혀 알 수 없게 되는 것이지요.

우리는 수많은 선인들이 겪은 고난으로 고통과 수치심 속에서 살아왔지만 그 상처를 위무하고 치유하며, 무엇이 잘못되었는가를 깨우쳐주고 다시 자존심을 되살릴 수 있는 기회를 충분히 갖지 못했습니다. 지난 백 년 동안 오염된 우리 민족의 정신세계를 바로잡는 노력을 너무나 게을리 해왔습니다.

우리는 아이들에게 가르쳐야 합니다. 지금의 나는 갑자기 하늘에서 뚝 떨어진 존재가 아니라, 이 민족의 뿌리에서부터 시작된 수천 년의 역사가 내 피, 내 정신 속에 녹아 있다는 사실을 말입니다. 그리하여 이 순간의 내 삶이 수천 년의 과거와 연결되고, 또한 수천 년 미래와 연결된다는 사실을 말입니다.

많은 사람들이 우리 민족의 상고사에 관심을 갖는 이유는 그 시대가 우리 역사에서 가장 평화롭고 사랑이 넘치는 시대였다고 생각하기 때문입니다. 하늘과 땅과 사람이 하나라는 사상으로 서로 어우러졌던 공동체의 기억을 되찾아야 한다고 믿기 때문입니다. 모든 사람을 이롭게 하는 홍익인간 정신, 바로 인류 공동체 의식과 사람 안의 하늘(신성神性)에 대한 신념으로 모든 사람들이 어울려 살았던 시대라고 믿기 때문이지요. 확인할 수 없는 과거에 대한 막연한 그리움이 아니라 오늘 이 시대를 살아가는 우리 삶의 지표와 정신적 구심점에 대한 갈망이 먼 역사를 더듬게 하는 것이지요.

우리 시대가 함께 겪는 기쁨, 함께 겪는 시련은 우리의 민족사에,

가족사에, 그리고 개인사에 새겨질 또 하나의 배움의 기회입니다. 지금 여기의 우리 삶은 수천 년의 시간을 흘러 우리 후손들의 피속에, 정신 속에 깃들게 될 기억입니다.

오늘, 우리는 천 년을 삽니다.

진정한 창조성은 뜻에서, 삶의 비전에서 나옵니다.
그러므로 일이 잘 풀리지 않을 때는
'방법'만 가지고 고민할 것이 아니라,
마음을 비우고 '뜻'을 되돌아보는 시간을 가져야 하는 것입니다.

창조성은 뜻에서 나온다

상심해서 넋을 놓고 있는 사람들을 볼 때마다 무슨 일이 있어도 자기 자신을 학대해서는 안 되겠다는 생각을 합니다. 세상에서 제일 큰 잘못이 자기 자신을 인정하지 않는 것이고 자기 자신을 사랑하지 않는 것입니다. 자기를 인정하지 못하는 사람은 남도 인정하지 못합니다. 자기를 사랑해본 경험이 없는 사람은 남을 사랑하는 일에도 서툽니다.

많은 사람들이 자기 자신을 믿으라고 하면 자기 안의 밝고 고귀한 힘을 생각하는 것이 아니라 피해의식이나 단점부터 떠올립니다. 내게는 믿을 만한 구석이 별로 없다고 자조합니다. 우리는 좀더 많은 시간을 자기 자신의 장점을 보는 데 써야 합니다. 자꾸 문제점만 부각시키려 하면 문제점만 보이게 되어 있습니다. 나를 믿는 것은 나를 이 세상에 내보낸 우주의 섭리를 믿는 것입니다. 우주의 섭리가 실수로 나를 내보낼 리 없다는 사실을 믿는 것입니다. 틀림없이 이유가 있어서 이 세상에 내보냈을 테니 나는 당당하게 삶의 주체로 서서 '이렇게 잘 살고 있다'고 우주에 화답해야 하는 것입니다.

삶의 비전vision이 있는 사람에게는 아무리 큰 고생도 고생이 아닙니다. 세상에서 가장 두려워해야 할 것은 꿈 없이 일만 하는 것이며, 세상에서 가장 큰 고통은 비전이 없는 고통입니다. 비전을 갖고 있는 사람은 얼굴에 빛이 나게 되어 있습니다. 비전이 없는 사람은 얼굴이 어둡습니다. 비전은 우리에게 용기와 지혜를 주고 능력 있는 사람으로 만듭니다. 비전이 우리를 변화시킵니다. 비전은 영혼을 구원하는 힘을 가지고 있습니다. 그것은 보채는 영혼을 어르는 자장가와 같습니다.

　우리는 계속해서 스스로에게 물어야 합니다. 나는 왜 이 자리에 있는가, 나의 비전은 무엇인가 하고 말입니다. 삶의 비전이 명확할 때 영혼이 안도의 숨을 쉽니다. 비전을 잃어버리면 영혼은 불안해하기 시작합니다.

　많은 사람들이 자기가 세운 비전을 위해서 정성을 들이고 헌신할 기회를 제대로 갖지 못한 채 살아가고 있습니다. 내가 원하는 비전을 세우고 혼신을 다해서 정성을 들이고 싶지만 이 사회가 그런 기회를 충분히 마련해주지 않습니다.

자신의 혼魂을 쏟아 부을 비전이 없다 보니 적당히 주위 사람이 원하는 대로 살게 되고, 그러니 신바람이 날 리 없습니다. 비전이 있을 때 밝고 당당하게 살 수 있습니다. 비전이 있을 때 충만한 가슴을 느끼며 살 수 있습니다.

많은 사람들이 어떤 꿈을 품으며 살아야 할지 모르겠다고 하소연합니다. 그러나 그 하소연은 회피이거나 착각이기 쉽습니다. 마음 속에서는 어떻게 살고 싶은지를 이미 다 알고 있기 때문입니다. 눈을 뜨고 귀를 열면 우리 안의 신성은 여러 가지 방법으로 그의 마음을 전해줍니다. 자연 만물을 통해, 온갖 사건과 현상을 통해 우리에게 '이렇게 가라'고 일러줍니다.

진정한 자신감은 삶과 죽음에 대한 태도로부터 나옵니다. 우리는 영원한 존재임을 자각할 때, 그 영원성을 깨달을 때 과거에 얽매이지 않고 미래에 불안해하지 않고 지금 이 순간에 몰두할 수 있게 됩니다. 수많은 생명이 이 세상에 왔다가 사라지지만 그 생명은 영원히 끝나지 않고 다시 많은 생명에 스며 이 세상에 돌아옵니다. 우리의 생명은 영원한 것입니다. 생명을 가진 다른 존재들이 몸으로 들어와 우리의 생명이 유지됩니다. 우리가 생이 다해 이 세상을 떠나는 것은 다른 생명으로부터 받은 은혜를 갚는 방법 중의 하나입니다. 수많은 생명이 우리에게 와서 우리를 이루었듯이, 우리도 때가 되면 저 우주에 우리 자신을 환원하고 가는 것입니다. 이것이 우리가 가져야 할 생사관生死觀입니다.

꽃만 지는 것이 아닙니다. 우주의 별도 수도 없이 태어났다가 사라집니다. 우리 인간의 생명이 다하는 것이나 꽃이 지는 것이나 별이 스러지는 것이나 다를 게 하나 없는 현상입니다. 죽는 순간에 죽음 그 자체만을 보고 공포 속에 가는 사람이 있는가 하면, 이렇게 생명의 대순환이 이루어지고 있구나 하며 웃음 속에 가는 사람이 있습니다.

옛날 도인들은 수도하다가 해가 저물면 두 다리를 뻗고 통곡을 했다고 합니다. 내가 한 일이 없이 하루가 다 가는구나 하고 서러워하면서 말입니다. 그 통곡은 욕심이나 조바심에서 나오는 울음이 아니었습니다. 그것은 우주가 우리에게 빌려준 신성한 시간에 대한 경배였으며, '모든 작은 고민이 사라져버리는 큰 고민'을 품은 사람이 흘리는 눈물이었습니다.

하루라는 시간은 정말 많은 일을 할 수 있는 시간입니다. 나의 하루는 이 우주를 소비하는 시간이었나, 생산하는 시간이었나, 건설의 시간이었나, 파괴의 시간이었나, 얼마나 비전에 가까운 시간이었나, 가슴을 치며 통곡할 정도는 아니더라도 가끔 그렇게 물어볼 필요가 있습니다.

많은 사람들이 복을 받겠다고 이름난 산에서 밤을 새워 기도하고 이름난 사람한테 가서 돈을 바칩니다. 그러나 진짜 복을 받고 싶거든 주위 사람들에게 신뢰와 사랑을 받는 사람이 될 준비부터 하라고 말하고 싶습니다. 복은 사람들의 신뢰와 사랑 속에서 옵니다. 사람이 떠나면 복도 떠나는 것입니다. 우리는 가장 가까운 사람에게서부터, 가장 작은 일에서부터 신뢰와 믿음을 쌓아야 합니다. 그리고 서로 존경을 주고받아야 합니다. 그것이 이 세상에서 자기를 보호하고 지키는 가장 기본적인 방법입니다. 그러기 위해서 무엇보다 자기 자신을 존중해야 합니다. 존중하는 마음은 가슴에 잔잔한 기쁨을 불러옵니다. 자기를 존중하는 사람은 주위 사람들로부터 믿음과 사랑을 받는 행동을 절로 하게 되어 있습니다.

인간이 가질 수 있는 최고의 기쁨은 창조하는 기쁨입니다. 창조하는 힘이 약한 사람은 어려움이 닥치면 쉬이 공포감에 빠집니다. 그는 희망을 보지 못합니다. 그러나 아무리 어려운 상황에서도 보다 나은 삶을 창조하며 살겠다고 마음먹은 사람은, 또 그 창조의 힘은 나의 내부로부터 온다는 사실을 아는 사람은 힘들고 어려울지라도 절망하지 않습니다. 그는 누가 시켜서가 아니라 스스로 자기 삶의 기준과 계획을 세워서 당당하게 걸어갑니다.

정말 잊어버리지 말아야 할 것은 진정한 창조성은 바로 뜻에서, 삶의 비전에서 나온다는 사실입니다. 그러므로 일이 잘 풀리지 않을 때는 '방법'만 가지고 고민할 게 아니라, 마음을 비우고 '뜻'을 되돌아보는 시간을 가져야 하는 것입니다.

어떤 모습으로 살아가고 있든지 간에
우리 모두는 이 세상에 의식의 진화를 위해 왔습니다.
그러니 이 세상은 깨달음의 수련장입니다.
지금 나에게 주어진 육체와 인간 관계, 나의 성격, 그리고
모든 환경과 시간, 이 모든 것은 하늘이 우리에게 준
숙제이며 과제가 되는 셈입니다.

비어 있는 것이 가장 큰 것이다

바쁘게 생활하다가도 조용히 앉아서 몸과 마음을 들여다볼 때가 있습니다. 종일 머리 속에서 웅성대던 여러 생각들을 떨구어 버리고 그냥 가만히 있어 보는 겁니다. 이내 몸도 마음도 아주 가벼워지는 것을 느낍니다. 편안합니다. 비우니까 이렇게 편안해지는구나. 충만한 기쁨에 젖습니다.

아주 잠깐 동안만 앉아서 느껴 보면 금세 확연해지는 이 진리를 경험하고도 많은 이들이 일상 속에서는 다른 모습으로 살아갑니다. 무엇인가를 움켜쥐어야만 행복하고 잘사는 것이라고 여기는 거지요.

우리의 고향은 큰 허공, 우리는 비어 있는 곳에서 왔다가 비어 있는 곳으로 돌아갑니다. 그래서 몸과 마음을 비우고 허공 속에 있으면 절로 편안해지는 것입니다. 비어 있는 것이 우리의 본래 모습임을 알게 되면 그때는 무엇이든지 받아들일 수 있는 여유가 생깁니다. 공空이 근원임을 아는 사람은 부자입니다. 비어 있기 때문에 무엇이든지 가득 채울 수 있고 그만큼 자유로워지는 거지요.

　허전하고 불안해서 늘 무엇인가를 움켜잡으려 하는 사람은 잠시 마음에 평화가 깃드는 듯하다가도 이내 불안해져 버립니다. 움켜잡은 것은 언젠가는 놓아야 하기 때문이지요.

우리 민족의 3대 경전 중의 하나인 《천부경天府經》에는 '일시무시一始無始 일종무종一終無終'이라는 말이 있습니다. '하나는 시작이 없는 시작이요, 하나는 끝이 없는 끝'이라는 뜻입니다. 이 진리를 아는 사람은 누구에게나 다가설 수 있습니다. 비어 있는 자리에서 마음을 쓰기 때문에 좋은 일이 자꾸 생깁니다. 인간 관계가 풍요롭고 평화로워집니다. 그러나 무엇인가를 완고하게 갖고 있으면 두려워서 남한테 다가가지 못합니다. 빼앗길까봐 겁을 내는 것이지요. 원래 다 비어 있는 것이니까 손해날 것도 없는데 말입니다.

　언젠가 거리의 부랑자들을 모아 재활 교육을 시키는 곳을 방문한 적이 있습니다. 그곳을 책임지는 사람이 걸인들과 오랫동안 함께 살면서 나름대로 그들의 특징을 분석해 보았다 합니다. 새겨들을수록 참 많은 것을 생각하게 하는 이야기였습니다.

　걸인들은 한 번 자기 손에 들어온 것은 절대 남한테 주지 않는다고 합니다. 그리고 주위의 모든 사람을 의심합니다. 자기가 가진 것을 빼앗으려 한다고 생각하는 거지요. 주고받으면 훨씬 풍요로워질 텐데 교류와 거래의 법칙이 자연과 생명의 큰 원리임을 모르고 움켜쥐려고만 한다는 것입니다.

세상에서 느낄 수 있는 기쁨 중에 가장 큰 것이 교류하는 기쁨이고 사랑하는 기쁨입니다. 하늘은 우리에게 선택된 몇몇 사람만 사랑하기에는 너무나 큰 가슴을 주었습니다. 그 큰 가슴은 결혼해서 사랑하는 남편이나 아내가 있어도, 자식이 있어도 다 채워지지 않습니다.

　하늘로부터 받은 가슴이 너무 넓고 깊은데 그 가슴속에 있는 사랑을 제대로 실현하지 못하면 답답함을 느낍니다. 그래서 절에도 가고 교회에도 가고 도道를 구한다고 방황하기도 하는 거지요. 우리는 마음 깊은 곳으로부터 교류를 원하고 있습니다. 서로 사랑하고 사랑받기를 간절하게 바라고 있습니다. 충만한 그 사랑을 우리 스스로를 위해, 이웃과 민족을 위해, 인류를 위해 쓰고 싶어하는 것이지요.

사랑도 비어 있는 자리, 무無라는 중심에서 쓸 때 빛이 나는데 우리는 흔히 자신의 욕망을 중심으로, 집단의 이익을 중심으로 사랑합니다. 그 사랑도 때로 아름답게 보이기는 하지만 울타리가 있기 때문에 상대방의 마음의 문을 활짝 열게 하지는 못합니다.

비어 있음의 기쁨을 제대로 누리지 못하게 하는 최대의 방해꾼은 우리의 감정과 관념입니다. 피해의식이나 이기심, 자만심 등의 감정에 빠져 있을 때는 우리 영혼이 자유로울 수 없습니다. 시기심과 질투심도 우리를 저 밑바닥까지 끌어내리는 고약한 감정입니다. 그런데 많은 사람들이 그런 감정이 자신의 실체인 것처럼 착각하며 살아갑니다. '사는 것이 다 그렇지 뭐, 별 게 있겠어?' 하고 그런 감정들에 안주해 버리는 한 우리의 의식은 성장할 수 없습니다.

우리가 일상적으로 느끼는 감정과 여러 관념들이 우리의 삶을 얼마나 많이 속박하고 우리의 자유를 얼마나 자주 구속하는지 모릅니다. 관념이 개인적인 차원을 넘어 집단의 관념이 되면 극한 상황에서는 전쟁으로 치닫기도 합니다. 순수하게 빵 때문에 일어나는 전쟁은 오늘날에는 흔치 않습니다. 큰 전쟁은 종교, 가치관, 사상 때문에 일어납니다. 정의라는 옷을 입은 욕망과 관념이 수많은 생명을 앗아가는 것을 우리는 역사 속에서 너무나 많이 목격했습니다.

개인의 관념, 국가의 관념, 개인의 이기주의, 집단의 이기주의가 우리의 본성인 교류에 대한 갈망을, 그 거대한 에너지의 흐름을 차단하는 경우가 많습니다. 그러니 우리는 똑똑히 보아야 합니다. 자신이 긍지를 가지고 있는 가치관, 혹은 평생을 지켜온 신념이 스스로를 가로막고 있지는 않은가. 종교인은 인생의 등대와도 같은 자신의 신앙이 때때로 자신의 의식 성장에 방해가 될 수도 있다는 사실을 알아야 합니다. 물론 그러한 관념이 우리 스스로와 사회를 보호해 주기도 하지요. 그러나 똑바로 보고 똑바로 가지 않으면 오히려 우리 내부의 생명력을 억압하고 비어 있는 자리로 들어가는 길을 방해합니다.

바다에 잉크 한 방울을 떨어뜨렸다고 상상해 봅니다. 한 방울의 잉크가 바다를 바꾸지는 못하지요. 바다는 여전히 수많은 생명을 품은 채 넘실거릴 뿐입니다. 그러나 조그만 컵에 잉크 한 방울이 떨어지면 어떻게 되겠습니까? 금방 잉크물로 변하겠지요. 우리 의식의 크기는 바다와 같은가, 조그만 유리컵과 같은가 자신의 마음 그릇을 찬찬히 들여다볼 일입니다.

이제 다들 우리의 의식을 키우는 공부를 해야 할 때입니다. 몸은 이제 클 만큼 컸으니 마음을 키우는 공부를 해야지요. 몸은 이제 더 자라기보다는 조금씩 늙어갈 터이지만 마음은 무한대로 자랄 수 있을 테니 말입니다.

어떤 모습으로 살아가고 있든지 간에 우리 모두는 이 세상에 의식의 진화를 위해 왔습니다. 그러니 이 세상은 깨달음의 수련장입니다. 지금 나에게 주어진 육체와 인간 관계, 나의 성격, 그리고 모든 환경과 시간이 모든 것은 하늘이 우리에게 준 숙제이며 과제가 되는 셈입니다.

'대도무문大道無門'이라는 말이 있습니다. 오늘날에는 정치 풍자 만화에나 등장하는 우스갯소리가 되어 버렸지만, 관념을 넘어서 비어 있는 자리에 선 사람만이 대도무문을 이야기할 수 있습니다. '무無'의 진리를 아는 사람이 그 자신 기독교인이라고 해서 절에 가는 것이 두렵고, 부처를 따른다고 해서 성경을 읽는 것이 두렵겠습니까? 도道를 이룬 사람은 압니다. 하느님은 하늘에 있고, 모든 산천에 있고, 모든 사람의 가슴속에 있고, 무엇보다 지금 이 글을 읽고 있는 당신의 가슴속에 있습니다. 그러나 그 진리를 외면한 채 어느 한쪽만이 옳고 어느 한쪽만이 존재해야 한다고 생각하는 사람은 다른 세계를 넘나들기가 두려운 것입니다. 산골 사는 아이는 태양이 산에서 나온다고 알고 섬 사는 아이는 태양이 바다에서 나온다고 알듯이 말입니다.

관념을 넘어선 세계만이 진정한 지구촌 시대를 열 수 있습니다. 어떠한 사상으로도, 어떠한 종교로도 진정한 지구촌 시대는 열리지 않습니다. 누군가는 한 가지만을 고집하고 또 다른 사람들은 그것에 결사적으로 반대하는데 어떻게 진정으로 하나가 된다 하겠습니까? 예술의 힘이 위대한 것은 관념을 넘어선 세계를 보여주기 때문입니다. 순수의 절정에서 터져나온 음악과 춤과 그림은 관념의 벽을 뚫고 들어가 마음을 녹이고 사람들이 서로 끌어안게 합니다.

　의식의 성장을 이루는 데는 간혹 두려움이 따릅니다. 앞으로 나아가려 하다가도 자신의 관념이 깨지면 현재 자신이 누리고 있는 현실까지 함께 잃어버릴 것 같아서 두려워합니다. 그러나 용기와 자신감은 그냥 오는 것이 아닙니다. 부딪쳐서 해냈을 때 선물로 오는 것입니다.

어차피 우리 생명의 주인은 이 허공입니다. 우리 것이라고 할 수 있는 것이 아무것도 없습니다. 두려우면 얼마나 두렵겠습니까? 우리가 몸으로 느낄 수 있는 즐거움들, 그것이 크면 얼마나 크고, 그 느낌이 강렬하면 또 얼마나 강렬하겠습니까?

지금 이 순간에도 우주는 장중한 생명의 축제를 벌이고 있습니다. 겨울 숲에는 수많은 동물과 새들, 벗은 나목들이 숨쉬고 있습니다. 바다 속에는 이름을 알 수 없는 해초와 아름다운 물고기떼들이 유영하고 있습니다. 상상할 수 없을 만큼 큰 이 우주에 비하면 우리 몸 속에서 일어나는 현상은 먼지와 같습니다. 그러나 우리의 의식은 그 우주를 품고도 남을 만큼 커질 수 있습니다. 비어 있는 것보다 더 큰 것이 어디에 있겠습니까?

새벽산책

초판 1쇄 발행 2000년(단기 4333년) 3월 18일
개정판 5쇄 발행 2016년(단기 4349년) 3월 28일

지은이 · 김수덕
펴낸이 · 심정숙
펴낸곳 · (주)한문화멀티미디어
등 록 · 1990. 11. 28. 제 21-209호
주 소 · 서울시 강남구 봉은사로 317 논현빌딩 6층 (06103)
전 화 · 영업부 2016-3500 편집부 2016-3507
http://www.hanmunhwa.com

편집 · 이미향 강정화 최연실 진정근
디자인 제작 · 이정희 목수정
마케팅 · 강윤정 권은주 | 홍보 · 박진양 조애리
영업 · 윤정호 조동희 | 물류 · 박경수

만든 사람들
책임편집 · 김은하 | 디자인 · 이은경
표지 사진 · 심정숙 | 본문 사진 · 김명순 김경아